君を食べさせて？私を殺していいから

十利ハレ

角川スニーカー文庫

23923

旭日零。
高校二年生。
外ではいつも日傘を差している。
教室では机に突っ伏していつも眠っている。
その容姿も相まって吸血鬼だなんて噂されている。
ミステリアスで。クールで。
変わり者で。冷たくて。美人で。

君を食べさせて？
私を殺して
いいから

CONTENTS

illustration 椎名くろ

design タドコロユイ＋モンマ蚕（ムシカゴグラフィクス）

序章

「ねえねえ、知ってる？　犬を殺して停学になったたって男子生徒の話」

「たしか、うちのクラスにいるんだっけ？」

「あ、それ聞いたことある。あいつだよね。ほら、いつも一人でいて、すっごく目つきの悪い……名前なんだっけ」

「さすがに、そういう噂（うわさ）があるってだけでしょ？　本当だとしたら、相当ヤバいヤツじゃん」

「噂と言えば、もう一つ有名なのがあるよね」

「吸血鬼の女の子！」

「それそれ。肌は雪のように白いし、いつも日傘をさしてて、お人形さんのように美人で」

「でも、それだけじゃないの。隣のクラスの子が見たらしいよ？」

「見たって何を？」

「彼女が——うちの生徒の首筋に牙を立てて血を吸っているところ」

第一章　吸血鬼はトマトが好きだと思っていました。

1

人生は諦めが肝心だ。

これが、俺こと、有町要（ありまちかなめ）の十七年間という短い人生における一つの結論である。

大前提として世界は不平等だ。

平等を謳（うた）うのは、いつだって不平等の恩恵を享受している側の人間で、生まれる国とか、親の収入とか、家庭環境とか、教育とか、容姿とか、運動神経とか、生まれ持ったハンデとか、理不尽な事故とか、病気とか――限りなく不平等で、人生において己の力で変えられる部分なんてほんの数パーセントしかない。

そして、人間は己が幼少期に満たされなかったものに執着する。

貧乏な家に生まれた子供が一番大切なモノは金だと豪語するように。菓子類を制限されていた子供が暴食を極めるように。交友関係を厳しく管理されていた子供が性に奔放になるように。

俺は世界との繋がりを求めていた。共感を願う。執着していると言ってもいいかもしれない。この世に生を受けた尽くの人類と同じ世界を生きているのだという実感が欲しい。

まあ、もう諦めているけれど。

諦めて受け入れている。

でも、それでもこうして生きているのは、毎日気持ち悪さと、若干の吐き気と、気だるさを感じながらも生きているのは、少なからず、まあ、多少の、ちょびっとばかしは、別に意識なんてしていないけれど、心の窪みの底の隅の辺りには、期待する気持ちがあるからかもしれない。

いや、認めよう。あるのだ。

諦め切れていないからこそ、こんなにも俺は思考を巡らせている。

そういうわけで、俺は逆手で握ったシャープペンシルを、左手の甲に振り下ろした。

右手に硬い感触。この辺りは肉が薄いからか、俺の力加減の問題か、ズブリとペン先が埋まることもなく、小さな刺し傷が残る程度だった。

血が溢れて、ＢＢ弾くらいの小さな赤い玉ができる。

「……痛い」

嘘。

大嘘。

全く何も感じない。痛みなど感じない。感じようがない。他人事のように手の甲の赤色を冷めた目で見ている。まるで、自分から切り離された別世界の出来事のようだ。興奮もしない。

ふと視線を横にやると、隣の席の山下くん（仮称）がぎょっとした顔でこちらを見ていた。

そりゃそうだ。授業中にシャープペンシルを自分の手の甲に刺し始めるヤツがいたら、普通はそういう反応をする。おかしくなったのではないかと思う。中二病を疑われたかもしれない。

授業中。そう、俺は立派に高校生としての義務を果たしている最中である。

野々芥（ののけ）学園高等学校。二年C組。

これが俺の肩書であり、今は四限、現代文の時間だ。

仲夏。水無月。六月の初め。春と呼ぶほどの爽やかさはなく、夏と呼ぶにはその暑さは中途半端で、なんとも気温の安定しない日々が続いている。

二年生に上がった時から今まで席替えのイベントは開催されず、五十音順のまま。青柳（あおやなぎ）（仮称）、赤池（仮称）、旭日（あさひ）に続いて、有町の席は前から四番目。窓際で、教卓から距離のあるこの席は、俺としても気に入っていた。

山下（仮称）と目が合う。

いや、待てよ。

五十音順の席で、俺の隣が山下なわけがない。恐らく、遠藤とかそのあたりだろう。

改めて、遠藤（仮称）と目が合う。

すると、彼は顔を強張らせて、何も見ていませんよ、とでも言うようにわざとらしく教科書を食い入るように見て、ノートにシャープペンシルを走らせる。

熊にでも遭遇したかのような驚きようだ。これ以上目を合わせていたら殺されると言わんばかりに、恐怖を滲ませていた。ちなみに、熊と遭遇したら、目を逸らさずゆっくりと後退るのが正解らしい。つまり、俺の目を見ながらゆっくりとノートにシャープペンシルを走らせるのが今の最適解。残念だったな、遠藤。お前は殺される。

なんて、俺が言ったら笑えない冗談だな。

そんな益体もない思考に耽っていると、授業終了を知らせるチャイムが鳴る。

四限目が終了。これにて、昼休みに突入する。

俺は丸っきり授業とは関係ないページが開かれた教科書を閉じ、ノートと共に机の中に仕舞う。菓子パンが入ったコンビニ袋を持ち、立ち上がると。

「おい、有町。お前は後で職員室に来い」

俺と同じ苗字の生徒を呼ぶ声が聞こえた。

ポケットに財布が入っていることを確認して、俺はふらふらと、束の間の休息を持て余した喧騒の中を進む。

教室の後ろのドアを開くと、目の前に鬼の形相を浮かべた女教師が仁王立ちしていた。

現代文の教科書と、ファイルを抱えている中で、最も目を惹くのが強く握り込まれたボールペンだ。ペン先は出ている。ペンは人を刺す道具ではないよ、と釘を刺しておくべきだろうか。刺される前に刺す。俺が言うのは説得力ないですか？　そうですか。

「教師を無視するとはいい度胸だな。有町要」

鎌倉瑞希。多分二十代後半。

野々芥学園高等学校に勤める現代文の教師であり、我らが二年C組の担任でもある。

綺麗に整えられた黒髪ボブに、切れ長の瞳。身長は百六十センチあるかどうかというところ。保護者からの風当たりの強さ故か、本人の好みか化粧は薄め。

少しダボついた黄色のジャージに身を包んでいるのだが、これはレアな日だ。普段はピンク色のジャージを着ており、週一くらいで鎌倉瑞希 Ver. イエローが排出される。何か法則があるのではないかと疑っているが、これがどうにもわからない。今のところ黄色の日は特に機嫌が悪い（当事者比）ことくらいしか思い当たることはない。

「すみません。ぼうっとしていて聞こえてませんでした」

「平気な顔で嘘を吐くな」

「先生、俺の異常体質のこと知ってますよね？」

「何でもそれのせいにするな。聴覚に不調をきたすなどという異常はない」

「あー、じゃあ、これは先生が知らない方のやつっすね」

「中二病と虚言癖なら知っているが？」

「…………」

「とにかく、後で職員室……進路指導室に来い。わかったな」

「…………」

「返事をしろ。平常点を下げるぞ、クソガキ」

「うわあ、次のテスト九十点になってしまうのか。残念だなあ」

「はは、面白い冗談だな。たとえ、そうなったとしても、採点するのはこの私だからな。私がルールだ。言いたいことがわかるか？　お？」

「……先生、ＰＴＡって知ってますか？」

「最高経営責任者だろう。教師を舐めるな」

「それはＣＥＯです。アルファベット三文字ってことしか合ってないじゃないですか」

いや、しかし学校はＰＴＡという巨大で、強大で、悪辣な組織に頭が上がらないと聞く。これはもはや、学校の経営権はＰＴＡが握っていると言っても過言ではないのかもしれない。ＰＴＡ＝ＣＥＯ。つまり、これは先生による現体制への不満が漏れ出た故の一言。

「先生、いつもお疲れ様です」

「あ？　いいから、後で進路指導室に来い。いいな」

それだけ言い残すと、先生は背を向けて去っていく。

「……はい」

俺は先生が向かったのと逆方向に歩き始めた。

俺たち二年生、及び一年生の教室があるここは、第二棟。今向かっているのは、階段を一階上がった三階にある渡り廊下を渡った先の東棟である。

昼休みの喧騒。食堂へ向かって走る男子生徒。弁当を持って何処へやら向かう女子生徒。ノートを広げて何やら教師に質問する真面目な子。友人に跳び蹴りを喰らわすおバカ。コンビニ袋を手首にかけ、ポケットに両手を突っ込んで歩くボッチな俺。と。

友達と話しながら後ろ歩きしていた男子生徒とぶつかった。

「おっと、ごめ……ひっ⁉」

彼は軽く謝ろうとして、俺の顔を見るなり顔を引きつらせる。

よくある反応。俺はバケモノか何かか。

「お前。バカ、ちゃんと謝っとけ」

「ご、ごごめんな。ほんと、わざとじゃないからさ」

談笑していたもう一人の男子生徒に肘で突かれ、頭を下げてきた。

「ああ。こちらこそ悪かった」

毎回悩むんだけどさ、どういう反応をするのが正解ですか？　ないですよね、正解。正解ないってのが正解？　馬鹿らし。

「何あれ？」「お前知らないのか？　ほら、犬を殺したって噂の」「あいつが？　たしかに、やってそうな目してるわ」「声が大きいって」「次はお前やられるかもよ」「あんまり、見ない方がいいよ。目が合ったら大変だし」

ひそひそひそ。何度聞いたかもわからない噂話。陰口。だから、そういうのはちゃんと陰で言ってくれないと。奇異の目で見られるのは慣れているけれど、別に気持ちいいもんではない。気持ち悪いもんだよ。お前ら、マジで気持ち悪い。

ああ、でも、多分、俺自身が何より気持ち悪い。

よくある嫌な出来事に嘆息しながら、俺は再び歩き始めた。

そんな煩わしさも東棟に入れば別世界に来たように、切り離される。

東棟は、主に文化部の部室や化学実験室、美術室、家庭科室、その他空き部屋などが集まった棟だ。通常の授業で訪れることは稀で、昼休みにわざわざここに来ようとする生徒などほとんどいない。

その東棟の四階。奥から二番目の部屋が密かな穴場だ。

昔は文芸部の部室だったらしい。今は抜け殻。もぬけの殻。前側のドアを押し上げながらスライドさせるのがコツで、鍵がなくとも簡単に侵入することができる。

少し埃(ほこり)っぽい教室の中が落ち着く。遮光カーテンの隙間から漏れた陽光で可視化した埃に迎えられ、俺は教壇と棚の間のちょうどいい隙間に体を収める。

教室の後ろ側には学校机が組体操の如く積まれており、その横には対抗するように十数個の段ボールが山を成している。前に確認したら部誌やら、雑多な書籍やらが詰まっていた。

別に孤独を愛しているわけではないけれど、俺はこの世界に居心地の悪さを感じて、あまり歓迎されていないのはわかっていて、そうなると安堵感(あんどかん)くらいは抱きたいので、結局一人は落ち着くよねって話で。

この場所はやっと気の抜ける聖域だった。そう思っていたのに。

ガタガッタン。

教室の前側のドアが激しく揺れている。ほどなくして、ガガガと突っかかる鈍い音を響かせながらドアが開き、一人の女子生徒が現れた。

鳴坂鈴凪(なるさかすずな)。十五歳。高校一年生。

ふわりとしたミルクベージュのセミロング。小動物めいたくりりとした目に、小さく整った鼻。素材を映えさせるナチュラルメイク。スカートは短く折り込まれており、夏服のシャツの上からオフホワイトのスクールカーディガンを着込んでいた。

一見、人懐っこそうな雰囲気だが、その実他人への警戒心が強いことを俺は知っている。

では、なぜ平気で俺に突撃してくるのか……という問いに関しては俺が聞きたいところ。

「もぅ、一回教室まで行ったんですからね！　上級生の教室に顔を出すの意外と勇気がいるんですからね！　私の好物はスモークサーモンなんですからね！」

おい、語感でいらない情報差し込むな。

「昼休み一緒にいるのが当たり前みたいな言い草やめろ」

鳴坂は手に持ったお弁当箱をぷらぷら。頬を膨らませてぷりぷり怒りながらこちらまでやってくる。自然な動作で、滑り込むように俺の隣、教壇の上に腰かけた。

俺は意識的に、心底、心の底から嫌そうな顔をしてやった。

「そんな嬉しそうな顔で言われたら照れちゃいますよぉ」

どうやら、コイツには人の気持ちを慮るという機能が欠落しているらしい。

「内側から鍵かけといたんだけど？」

「実はここのドア、うまーく押し上げながらスライドさせると開けちゃうんですよ。残念でしたねぇ」

「………」

俺だけが知っている秘密みたいに思っていたが、もしかして有名な話なのだろうか。友達がいない俺には確かめようがないのだけれど。どうしよう、俺だけの聖域だと思っていたが、既に穢されている可能性がある。

ご機嫌な鳴坂を横目に、俺はコンビニ袋から一袋五本入りで百十円と財布にお優しい菓子パンを取り出し、齧りつく。むすっと、今度こそ不機嫌な表情を努めて。

鳴坂は、ふんふ～んと鼻歌を歌いながら膝の上にお弁当箱を広げている。お弁当箱は楕円形の少々子供っぽいものだったが、色とりどりのおかずに白米。バランスを考え、手間をかけて作られたであろうそれは、親の愛情を感じるものだった。

「うっわぁ、センパイまた体に悪い食べ物日本代表みたいなモノを食べて」

「いや、そこまでじゃねえだろ。せめて、県選抜くらいだ」

「それで午後の授業乗り切れます？　仮にも食べ盛りの高校生男子ですよね。たまには自炊したらどうですか？」

「うっぜえ」

俺はとある事情で一人暮らしをしていたりする。

家賃光熱費は親持ちだし、仕送りも月四万円ある。食費やら日用品やらはその四万の中からどうにかしなくてはならず、節約生活を強いられることとなる。もちろん自炊も試みたことはあるけれど、なんとなく俺必死に生きてんなって思って、なんかそれがバカらしくて止めた。今じゃテキトーにパスタを茹でるくらいだ。弁当なんて作るわけがない。

「ちゃんと栄養取らないと将来困るのはセンパイですよ。体が資本。菓子パンで賄える栄養などありません！　ということで手を出してください」

素直に左手を出すと、「逆」と言われたので、手のひらを上に向ける。すると、素早い動きで弁当箱からプチトマトを摘まみ、載せてきた。プチトマトについた冷たいハンバーグソースの嫌な感触に口をへの字に曲げる。

「はい、これでセンパイの血流改善！　生活習慣病も予防されました！」

にこーっと、人懐っこそうな飛び切りの笑顔。

本来、俺なんかに向けられるべきではないその笑顔に、戸惑いと、罪悪感と、なんとやらで目を逸らす。

「これ、お前が嫌いなだけじゃねえの」

「……えへ☆」

「まあ、別にいいけど。腹の足しにはなるし。ありがと」

ヘタの取ってあるプチトマトを素直に口の中に放り込む。

思ったより酸っぱかった。

「……え？」

「……あ？」

「いえ、センパイが他人に感謝の言葉を送るというごく当たり前のコミュニケーションの第一歩が成し遂げられたことにえらく感動しているところです」

鳴坂はわざとらしく驚いた表情を浮かべて、早口で捲し立てる。

「はあ……」

ああ、何も考えてなさそうな呑気な顔が憎たらしい。別に友達がいないわけでもなかろうに。可哀想だ。俺に時間を使わなきゃいけないことが。その理由があってしまうことを含めて、可哀想だ。

「あのさ、お前が俺に負い目を感じてるのはわかるけど、無理に関わろうとすんなって」

「なんですか、急に。別に無理になんてことはないですよ？」

鳴坂は、こちらを見ることもなく、ハンバーグを箸で割って口に運ぶ。

「俺の高校での評判知ってんだろ」

「ひふほほろひははへーへふ」

「飲み込んでから喋れ」

「犬を殺したやベーヤツ！」

ビシッと、箸を俺の眼前に突き付ける。

正解。大正解。花丸満点。

うちの高校で一二を争う知名度を持つのが、俺だ。

当たり前に悪い意味で。

犬を殺したイカレ野郎。怒らせたらヤバい。関わったらヤバい。目を合わせたらヤバい。

俺の家は犬や猫の死体で溢れているらしい。先日退職した三島先生って実は俺が殺したみたいだよ？　いやいや、君たち日本の警察舐めすぎな。尾鰭どころか翼まで付けちゃって。レッドブルもビックリですよ。ええ、殺せるもんならね、そりゃ、まあ……ね。

そんなこんなで、有町要はやべーヤツ。

うちの高校は一応進学校を謳っており、卒業生のほぼ十割は大学へ進学する。偏差値はギリ六十あるかなあというくらい。その定義はわからないが、自称進学校というヤツかもしれない。そのため所謂不良と呼ばれる生徒はおらず、過激な噂のある俺は過度に恐れられているというわけだ。

「でも、犬を殺したって噂が広まったのは……私のせいじゃないですか」

鳴坂は申し訳なさそうに目を伏せながら言った。

「別に遅かれ早かれ同じようなことになってただろ。アレがあるしな」

「Ｋ―ウイルス。センパイに会うまで、存在すら知りませんでした」

Ｋ―ウイルス。

ＫはＫＡＩＩ……怪異のＫ。

これは別に正式名称というわけではなくて、発見した専門家……というと正確ではないが、ソイツが付けた名前らしく、国に認められたモノではない。ここ十数年で日本にて確認されるようになった奇病のようなモノである。本当にウイルス性のモノなのかも俺は知らない。医学界でも、極一部を除き認知されておらず、俺以外にＫ―ウイルスにかかったヤツは一人しか知らない。というか、俺はその一人から、これを教えて貰った。

また、Ｋ―ウイルスは数種類存在し、俺が感染しているのはタイプ〝狼男〟である。

ちなみに、タイプ〝狼男〟に感染した者は過去に一人のみだと聞いた。

Ｋ―ウイルスタイプ〝狼男〟の主な不調は二つ。

その内、特に困っているのが――。

「殺人衝動。それが無くなればいいんですよね？」

それは突然やってくる。

発作が起きるように突如湧いて出る。

副次的な効果として、殺人衝動が表れている間のみ、筋力が異常に上がる。

衝動には波があって、抑え込んでいればいずれ退いていく。しかし、衝動という名の誘惑に抗うのは簡単なことではないし、肉体的にも不調をきたす。酷い吐き気と倦怠感。抑え込んでいる間と、収まってからしばらくは、その二つに悩まされることになる。慣れてきたと言っても、キツイものはキツイし、苛立ちは募る。よく目つきが悪いと揶揄されるが、気にせず笑顔を振りまいていたら、俺の周りは血の海だ。

「狼男がなくなれば、センパイはもっと前向きに、明るく、学校生活が送れるということですよね！」

「明るくかはわからねえけど……そりゃ、なくなりさえすればな」

俺がK―ウイルスに感染したのは、小学四年生に上がった頃のことだった。

それから、ずっと苦しめられてきた。人を殺したいだなんて、最も許されようもない欲望に。自分のものかもわからない、自分のものかもしれない度し難い欲望に縛られて生きてきたのだ。

「ですよね！　だから、言ってるじゃないですか！　私がなくなるまで付き合ってあげますよって！　何かきっかけさえあればなくなるんじゃないかと思うんです。ほら、実際抑えることはできてるんですし」

一応、医者に診てもらったこともある。医者も同じようなことを言っていた。これが何なのかはよくわからないが、精神的なものが起因している可能性は無きにしもあらずだとか、ストレスが原因なのでは、とかなんとか。曖昧。あまりにも曖昧だ。

そもそも、病気と呼ぶのも正確ではないようだし、この異常状態について詳しく知るものなど存在するのかどうか……。

「お前、本当にK―ウイルスのことわかってんのか？」

「えーと、センパイから聞いた知識がほとんどなので、それが正しければって感じですかね」

鳴坂は、「ネットで調べても、ほとんど何も出て来ませんし……」と言葉を続けた。

「ちげえよ。わかってて、何で当たり前のように俺のとこ来てんだって話だよ」

「殺されるかもって話ですか？」

「ああ。危機感足りなさすぎだろ」

「でも、まだ人を殺したことないですよね？」

「一人目かもな」

「ふふ、センパイの初めてを頂けるなんて光栄ですね」

　鳴坂を指差して言うと、おどけて返してきた。

「ねえ、センパイ。ちょっと考えてみたんですけど、殺意って性欲と似ているんじゃないかって思うんです」

「はあ？」

「突然ムラムラしてきてしょうがない！　我慢できない！　抑えなきゃ！　このままじゃ俺の本能が女の子を襲ってしまう！　って」

「なるほど。俺のことをバカにしてるってのがよくわかった」

「いえいえいえ！　真面目な話ですよ⁉　私の伝え方が下手だったのはありますけど、結構性質としては似てませんか？」

　鳴坂は顔の前で両手を忙(せわ)しなく動かす。

　俺を揶揄する意図はなく、少なくとも本人は真剣なつもりのようだ。

「みんな頭の中ではヤりたい〜って思ってるけど急に襲い掛かったりしないじゃないですか。センパイだって、殺したい〜って思っても、実際そうはしないでしょ？　理性とか想像力が働くからです」

「それは……」

考えたことがなかった。

ふと湧き出る他人に対する欲求。試されるのは自制心。欲求の大小はあれど、性質が似ているというのはあるのかもしれない。

「大きく異なる点は、自分で発散できるか否か！　つまり、オナニーできれば解決なんじゃないかと思う訳です！」

「……やっぱ、ふざけてるか？」

「いえいえいえ！　ほら、オナホールに包丁でも突き立ててみましょう！　意外と効果あるかもしれませんよ！」

「やっぱ、ふざけてんじゃねえか！」

想像しただけで爆笑ものの光景だ。滑稽だ。それで収まってしまったら、それはそれで。

「性欲に置き換えるとして、破壊対象が何でオナホールなんだよ。せめて、人形とかだろ」

「た、たしかに……！　性欲という単語に引っ張られてしまいました！　では、人形でやってみましょう！」

「試したことはあるぞ」

「効果なかったんですか？」

「ないわけじゃないが……気がまぎれる程度だな」

　人形の他にもいろんなもので試したことがある。本とか、キャベツ一玉とか、木材とか、緩衝材をプチプチ潰してみたこともあるし、鉄板を折り曲げてみたこともある。

　鳴坂にはとても言えないが、自傷行為に走ったこともある。でも、ここで問題なのが、〝狼男〟のもう一つの特性だ。俺は痛みを感じない。苦痛の一つも覚えず、ただ、自分の体が傷ついていく様を見ても虚しいだけで、何かの欲求が発散されることはなかった。それでも、思い出したように試してしまうことはあるのだが。

「でも、気がまぎれるなら悪くないですよね。普段からぬいぐるみ持ってたらいいんじゃないですか？」

「急にぬいぐるみ引き裂き始めたら、それはそれでやべーヤツだろ」

「もう好感度気にしても仕方なくありません？」

　お前、あっけらかんとした顔で言いやがるな。

「それより、センパイが少しでも楽になる方が重要だと思うんです。こんな迷惑なモノ、早くなくなっちゃうのが一番なんですけどね」

　そうだ。なくなってしまえば、それが一番。この不道徳な欲望が取り除かれてしまえば、俺はきっと普通に生きていける。普通に友達くらいできることがあるかもしれないし、家族から疎まれることもなくなるかもしれないし……鳴坂といるだけで、これほど罪悪感を覚えることもなくなるだろう。

「…………あのさ」

「安心してください！　センパイが嬉々(きき)としてぬいぐるみを引き裂いていようと、私からの好感度は変わりませんから！　って、何か言いかけました？」

「さっき話流れたけどさ、俺と無理に関わんなよ」

「え、その話終わったんじゃないんですか？　無理なんてしてないですって」

「いや、だからさ。お前……ぁ、うぐっ」

突然、肺の中の酸素が奪われたように胸が引き絞られ、俺は菓子パンの入った袋を取り落とす。思わず心臓を押さえ、体を丸めた。

やけにうるさい心臓の鼓動と体中に熱が巡る感覚。

ああ、こんな話をしていたからだろうか。

毎度、毎度、唐突に、来る。毎度あり。毎度ありがとうございますの略だって。なんも有り難くねえわ、クソ。死ねよ。心の底から死んでくれ。あーやっぱ思考回る。

「セ、センパイ……!?　大丈夫ですか？」

鳴坂は心配して、俺の顔を覗(のぞ)き込む。

俺は肩にかかる彼女の手を振り払って、立ち上がり、たたらを踏んで、袋の上から菓子パンを踏んで、教卓に寄りかかった。体重を預け、浅い呼吸を繰り返す。

「来んな！　いつものだから」

本当に人を嘲笑うようなタイミングで湧いて出てきやがる。

衝動。欲求。もし、身を任せたら気持ちがいいもの。破滅は確定するけれど、気持ちのいいもの。殺したい。殺したいっておかしなこと？　こんなにも希っているのに、この渇望は間違っているらしい。いやいや、間違っているから気持ちいいのですよ。そうですよ。

ドクン、ドクン。

全身が心臓になったみたいだ。

教卓に額を押し付けて腕の隙間から鳴坂を見る。

見たいよなァ、中身。鳴坂、綺麗だもんな。整っている。スタイルもいい。顔も良し。握力七十キロあったら、リンゴを潰せるって聞くけど、頭蓋骨って何キロで潰せんだろ。殺人衝動が出てる間は筋力が異常に上がっているから、頭蓋骨くらいいけるかな。子供の頃、拳を打ち付けたら鉄棒の棒がぐにゃって曲がっちゃって笑えたな。飴細工かと思ったわ。じゃあ、頭蓋骨くらい潰せるよな。どんだけ綺麗でも、やっぱ中身って一緒なのかな。パンチラと一緒だよな。隠されてるからいいみたいな。気になるみたいな。頭の中ってみんな見たことないでしょ？　本当はみんなも気になるんでしょ？　ねえ。どうかな？　届く距離にいるよ。ほら。ほら、ほら、殺っちゃえよ――。

「センパイ……？　大丈夫ですか？　どうして笑ってるんですか？」

鳴坂が、こちらに手を伸ばそうとして、躊躇してを繰り返すのが見えた。

恐怖。怯えている。まるで、バケモノでも見たかのように瞳が揺れている。

ほら、その顔だよ。

正しいよ、その感情で。

気持ち悪いんだろ。わかるよ。

わかっているはずなのに、クソみたいな思考が流れ出て止まらない。

「……っ」

ていうか、俺笑ってんのか。そりゃ笑えねえわ。

這うように菓子パンを入れていたビニール袋のもとへ行き、中から拳サイズの瓶を取り出した。乱暴に蓋を開ける。中に入った大量の錠剤を手のひらに出して、一気に口の中に入れた。立ち上がり、再び教卓に寄りかかる。

ボリボリ。バリバリ。

錠剤を噛み砕く。

効果あるよな？　あれよ。収まれよ。ほら、薬飲んでんだからさ。効けよ。効くよな。

言うこと聞けって。

「あの……っ、センパイ！」

「だから、関わんなって」

思ったより大きな声が出て、自分でも驚く。

軽く振り下ろしたつもりの拳が、教卓のテーブル部分を真っ二つに叩き割った。あっさりと。クッキーでも割ったのかと思った。そのくらいの軽い感触だった。

「……わりぃ」

今日は妙に衝動が強いと思ったけれど、そうか、満月か。

狼男という名称に相応しく、どうやら殺人衝動の強さは月の満ち欠けに関係するようで、見えている月の面積が大きければ大きいほど強くなる。

そして、衝動の強さは筋力上昇の幅にも関係があるから……多分、今日なら余裕で頭蓋骨くらい割れただろうな。

「あ、あの。センパイ。私、その……」

錠剤を入れていた瓶だけが入ったビニール袋を手に、ふらふらと空き教室を後にする。

収まらない。まだ、殺人衝動は続いているし、吐き気も出てきた。

でもピークは去った。大丈夫。後は収まるだけだ。クソ体調悪くなるけど。

ああ、そうだ。

鎌倉先生に進路指導室に呼ばれてたんだった。

2

空き教室を出た後、しばらくトイレの個室に籠った。

殺人衝動のピークは去ったが、如何せん吐き気と倦怠感が酷い。床に座り込み、蓋の閉まった便器にもたれかかる。まるで酔っぱらいだ。

苛立ちと衝動のはけ口に、サニタリウムの壁に拳を叩きつける。ゴムのような柔らかな感触がじれったい。モルタル作りの壁くらい凶悪なヤツならよかったのに。ほら、ビルの外壁とかトゲトゲしてるヤツあんじゃん。あれめっちゃ拳の肉削げんの。どうせ、痛みとか感じないけど。ぐちょぐちょの拳見るとちょっとだけスッキリしませんか？　どうですか？　痛みを感じる人類の皆さん。私はね、やっぱり虚しいですよ。

「あー、きっしょ」

衝動が収まると同時に湧いて出てくるのは、激しい自己嫌悪だった。

鳴坂の心底怯えたような顔がフラッシュバックする。当たり前の反応。俺に対する正しい評価。悪いのは全部俺。そんでもって、どうしてこんなにも苦しいのか。

だから、いつも、何度も、会うたびに言っているじゃないか。

「無理に関わろうとすんなよ」

誰が鳴坂を傷つけたいものか。

え？　さっきあれだけ殺したかったじゃないですか。ちげえよ、俺が死ねよ。誰よりも、俺が先に死んでしまえよ。

最後に、瓶の中の錠剤を適当な数噛み砕いて、個室から出た。

すると、個室が空くのを待っていたのか、一人の男子生徒が立っていた。目が合うと、彼は慌てて視線を逸らして道を空ける。怯えていた。

去り際にトイレの鏡を確認すると、確かに二、三人は殺ってそうな目をしていた。クマも酷い。こりゃ、その反応も頷ける。試しに笑顔を作ってみた。すると、四、五人は殺ってそうな顔に早変わり。罪状が増えた。

「どうしろってんだよ……」

階段を使って東棟の一階まで降りる。一度外に出て、三年生の教室と職員室等がある第一棟へ向かった。一階に職員室、隣に進路指導室がある。そこで鎌倉先生が待っているはずだ。

進路指導室の前へ立つと、ちょうどドアが開き、中から人が出て来た。

それが知り合い……というか、一方的に知っているヤツだったから思わず目で追ってしまう。彼女もうちの学校で一二を争う有名人。いい意味ではないが、悪い意味かと問われると微妙なところ。比較対象が俺であるならば、迷うまでもなくいい意味で有名人。

一応同じクラス。

夜の闇を映したような黒髪は、頭を洗濯機に突っ込んだかと思われるほどに荒れている。幽霊のように白い肌。眠たそうでいて、その奥に鋭さを潜ませた瞳。綺麗に整った眉に、長い睫毛。彼女には、一たび触れれば溶けてしまいそうな儚さと、触れた瞬間に切り裂かれてしまいそうなほどの鋭さが同居していた。

旭日零。

高校二年生。

外ではいつも日傘を差している。

教室では机に突っ伏していつも眠っている。

その容姿も相まって吸血鬼だなんて噂されている。

ミステリアスで。クールで。変わり者で。冷たくて。美人で。

憧れる。

おいおい、噂にしても俺とは随分違った評価だな。やはり顔なのだろうか。可愛いは正義。あれは至言だ。ガワが良ければなんでも好意的に捉えられる。クールだってさ。俺だったら目つきの悪い仏頂面って揶揄されるぞ。でも、たしかに、旭日だったら、犬を殺していたとしても、それはそれで惹かれるかもしれない。なんというか、絵になる。

見た目だったら、俺も悪い方ではないと思うんだけどな。

だってこの前、妹に『お兄、顔はカッコイイのになあ。あたしと同じ遺伝子なだけあって！』と言われた。たしかに妹は顔が整ってる方だし、そうなると自分もそういう見方ができるかもしれない。真に受けた。だって、遺伝子同じだし。え？　同じじゃない可能性？　ないない。だって、俺みたいなのが橋の下に落ちてても絶対拾わねえし。

旭日は俺を一瞥（いちべつ）することもなく去っていき、代わりに進路指導室から先生が顔を出した。

「なんだ、来てたのか。有町。ちょうどいい。入れ」

黄色のジャージを着た鎌倉先生に招かれて、俺は進路指導室に入室する。

先生はパーティションで区切られた一番奥の席に座った。俺はその正面に座り、背凭（せもた）れに深く寄り掛かり、両脚を投げ出す。両手をポケットに突っ込んで、大仰にため息を吐いた。

「顔色が悪いな、有町」

「昼休みに教師に呼び出されて、楽しそうな顔する生徒なんていないないでしょ」

「殺人衝動。あったのか？」

先生は俺の嫌味（いやみ）ったらしい言葉に、嫌そうな顔をするでもなく言葉を返す。いや、元々不機嫌そうな顔ではあるので、感情の機微はわからなかったけれど。

「……まあ、ついさっき」

そう。何を隠そう彼女は俺がK―ウイルスタイプ〝狼男〟に感染していることを知る数少ない人物だったりする。

というより、このK―ウイルスという名前も鎌倉先生から聞いたものだった。鎌倉先生の叔父が、このK―ウイルスの自称専門家らしい。中学三年生の夏、俺は鎌倉先生に声を掛けられ、この異常体質についての説明をされた……説明というほど専門的な話ではなかったが、その後、俺は先生の勧めで、この野々芥学園高等学校に入学する運びとなった。

そんなこんなで、俺は鎌倉先生に特別扱いをされている。とか言うと良さげに聞こえませんか？　まるで得をしているようで。他の生徒にはない利益を得ているようで。特別な人間のようで。ただ、もっと正確に伝えるならば。

目を付けられている。

こうして度々呼び出されては、ありがたいお話を拝聴させていただいております。

「あまり学校の備品を壊すなよ」

「俺のことなんだと思ってるんすか」

「東棟の壁」

「…………」

「第二棟男子トイレのタイル」

「…………」

「自転車置き場のガードパイプ」

「……」

「二年C組の教室の――」

「わかりました、わかりましたから。俺が悪かったです」

「毎回適当な理由を付けて上に報告する私の身にもなってもらいたいものだな」

「………東棟空き教室の教卓」

「あ？」

ぼそりと呟いた俺を見て、先生は不機嫌そうに眉を寄せる。

「経年劣化で、机部分が真っ二つになりました」

「経年劣化でそんな壊れ方しねえんだよ！　テメエの頭カチ割ってやろうか？　あ？」

先生は立ち上がると、拳を振り上げる。よく見ると、ボールペンが握られていた。

「先生、教師としてその言葉遣いはヤバいです」

「有町くん、貴方の頭は今から二つに分かれます。半分になった脳みそで、叩き割られた教卓の気持ちを考えてみましょうね？」

先生は、口元だけ無理やり笑って言った。

俺の指摘が悪かったんだな。言葉遣いの問題じゃねえや。その内容がヤバい。思想が怖い。そういう発想がでるあたりトンデモ恐怖。

「先生、ＰＴＡって知ってます？」

「世界保健機関だろう。教師を舐めるな」

「それはWHOです。アルファベット三文字しか合ってないじゃないですか」

確か、WHOは名前通り世界中の人々の健康を良くしてこう！　みたいな組織だったはずだ。いいんですか。PTAは健康どころか教師を酷使しようとしてますよ。ヤツら、先生たちの健康なんて考えてないですよ。

「先生、たまにはゆっくり休んでくださいね」

「あ？　誰のせいで仕事が増えてると思ってんだ？」

……私めにございます。

「はあ、全く。で、〝狼男〟の調子はどうなんだ？」

「どうって、変わりないですよ。小学生の頃から何も」

悪化もせず。好転もせず。いつも通りの不調だ。

「そういうもんでしょ、これ」

もうとっくに割り切っている……なんて言ったら強がりだが、諦めている。いや、諦めてはいなくて、なくなってほしいと試行錯誤はしているが、それすらも意味がないことはわかっていて……結局、わからないのは心の置き場かもしれない。

ただ、引っかかることがあるとすれば。

「でも、先生はなくなったんですよね。K―ウイルス」

鎌倉瑞希もかつてK―ウイルスにかかっていた。

方法はわからないが、彼女の体から、その異常体質は取り除かれた。先生がK—ウイルスを患っていたのは、中学一年生から高校三年生までの六年間。今はなくなっていて、特に後遺症もないという。

つまり、これは慢性的な状態ではない。

「なくなったという表現が適切かは怪しいが、そうだな」

K—ウイルス、タイプ〝人魚姫〟。

K—ウイルスが何種類あるのかは知らないが、〝狼男〟以外の初めて聞いたモノがそれだった。〝狼男〟よろしく、これも過去に感染者は片手で数えるほどらしい。

「どうやったら、なくなるんですか？」

「ダメだ。教えられない」

これも、もう何十回も繰り返したやり取りだった。

広い括りでは同じK—ウイルスとはいえ、〝狼男〟と〝人魚姫〟とでは、まるっきり別物だ。鎌倉先生の話は何の役にも立たないかもしれない。それでも〝人魚姫〟を一つのパターンとして知りたいと思うのだが、彼女が首を縦に振ってくれることはなかった。

「別にお前に嫌がらせをしたくて口を噤んでいるわけじゃない」

「だったら、教えてくださいよ。可愛い教え子のために」

「お前のためを思って言わないでいるんだ」

わけがわからない。意図がわからない。何を勿体ぶっているのか。

正直、力ずくで聞き出してやろうか、と思ったことも一度や二度ではない。

「ご心配ありがとうございます。空き教室の机の件に関しては申し訳ありませんでした。気を付けます」

俺は机に手を打ち付けると、捲し立てるように言って立ち上がる。

「今日はもう一つ別の用事があった」

進路指導室を後にしようとして、先生の言葉に足を止めた。

「あったんだが……やっぱり今度にしよう」

「はあ、そっすか」

「何かあったら言えよ。相談くらい乗ってやる。これでも多少はお前の気持ちもわかるつもりだからな」

だから、K―ウイルスについて少しでも情報寄越せって言ってんだろうが。

俺は鎌倉先生を振り返ることなく、ドアを開いて進路指導室を出る。

と、同時に昼休み終了五分前を告げるチャイムが鳴った。

ああ、そうだ。

帰りにドラッグストアに寄らないと。トイレットペーパーもそろそろ買わないとだし。

3

学生の俺。今日の義務終了。

帰りのホームルームを終え、教室は一瞬で喧騒に包まれる。部活動へ向かう者、友人と合流して何やら話し込む者。俺はもちろん大人しく帰宅します。母親に寄り道せずに帰ってきなさい……なんてよく考えれば言われたことねえな。でも、自発的に帰宅します。後、寄り道はします。

二年C組の教室を出て、活気溢れた生徒の波、その間を縫って歩く。階段を下りて、東棟の裏にある駐輪場へ向かった。俺が壊したせいで新しくなったガードパイプから視線を逸らし、中学生の頃から愛用している相棒（ママチャリ）に鍵を差し込む。

野々芥学園高等学校から家までは自転車で十五分程度だ。

学校を出てしばらく下り、大きな交差点に出た所を真っすぐ進むと、七飛橋商店街が見えてくる。約百三十店舗が立ち並ぶ昭和レトロな商店街で、雑貨や生鮮食品、飲食店など様々なジャンルの店が揃っている。入れ替わりも激しく、先月までラーメン屋だったところが、気づけば唐揚げ屋になっていた。

俺は商店街内にあるチェーン店のドラッグストアに寄り、目当ての物を購入。

そのまま更に真っすぐ自転車を飛ばし、うちの最寄り駅でもある月下駅を右に曲がる。

ボロっちいママチャリで上り坂を耐え、少しすれば我が城が見えてきた。

ツーリーメゾン205号室。

1Kの家賃は六万ちょい。最初はこんな狭いところで生活できるのかと思ったが、住めば都。中々快適だ。ベッドとちょうど両手を広げたくらいの大きさのローテーブルを置いたら部屋のほとんどが埋まってしまったが、元より物は多く持たない主義。一年のほとんどを制服で過ごすから私服も最低限で良し。娯楽なんてPCとスマホがあれば完結する。唯一趣味らしい趣味の漫画も、引っ越した時に全て電子に移行してしまった。

買ってきたトイレットペーパーを開封して、トイレの上にある棚に収納。

学校指定の鞄(かばん)をベッドに投げ捨て、パソコンでダラダラとショート動画を見漁(みあさ)った。

しばらくして、意を決した俺は、ドラッグストアで買ったもう一つのブツをローテーブルの中心に置いた。胡坐(あぐら)をかき、腕を組んでそのブツと睨(にら)めっこをする。

柔らかな質感。フォルムはこけしに近いだろうか。こけしに喩えたら、コイツはかなりナイスバディな部類に入ると言える。赤と銀の縞模様(しまもよう)。こけしに喩えたら、コイツはかなりオシャレな部類に入るとも言える。

オナホール。

男の自家発電の質を上げる素晴らしいアイテムである。

だが、俺の用途は本来のそれとは異なる。

『ほら、オナホールに包丁でも突き立ててみましょう！　意外と効果あるかもしれませんよ！』

殺人衝動を発散するための方法として、オナホールをズタズタにするという話になった際の鳴坂の言葉である。たしかに、一度も試したことがない方法だし、それを頭ごなしに否定するのもおかしな話だ。たとえ、どれだけバカげた試みだったとしても。

もし、〝狼男〟がなくなる可能性の一片でも拾うことができたとしたら……。

そんな緊迫した願いを以(もっ)て、俺はオナホールを目の前に包丁を構えている。

魚を捌(さば)くようにオナホールを寝かせ、逆手に持った包丁を振り下ろす。ギニィ。なんとも言い難(にく)い感触が返ってくる。特にストレスが発散されそうな気はしなかった。連続で何度も振り下ろしてみる。意外と刺さる。振り下ろす。何度も、何度も。穴が開く。ギコギコと切り込みを入れてみる。結構切りづらい。

気持ちいいかと言われれば……多分、普通の使い方をした方が気持ちいいんだろうなあ。

ぬいぐるみを切り裂いた方がはるかにストレス発散になる。

「そりゃ、そうだよな……こんなんで効果あるなら苦労しねえわ」

冷静に考えたら、性欲と殺人衝動が似ていたとして、オナホールを刺したらその発散になるという発想が意味わからない。誰だよ、言い出したヤツ。誰だよ、それに乗っかったヤツ。

　最後に、穴だらけになったオナホールの挿入部分に包丁を差し入れた。

　刃の七割くらいが埋まる。こけしの頭側を下にすると、イイ感じに立った。

「現代アートみてえだな」

　タイトル『性抑』。

　ガラス窓の前。キンモクセイの香りらしいルームフレグランスの隣に『性抑』を飾ってみた。

　案外悪くないのではなかろうか。むしろ、これはオシャレだ。どっからどう見ても現代アート。センスのいいオブジェだ。

　すると、玄関のドアチャイムが鳴った。

「……はあ。今日もか」

　うちに訪ねてくる者など、宗教の勧誘やら電気、ガス関連（の者）やらを除けば一人だけ。現在十九時。陽（ひ）も完全に落ちている。こんな時間だから、訪ねて来たのはその一人だろう。覗（のぞ）き穴から外を確認すると、ツーサイドアップがぴょこぴょこと揺れていた。

　今日は出なくてもいいかなあ。色々面倒だし。

　そう思っていると、覗き穴越しに目が合った。いや、向こうからはこっちが見えていないはずだが、ギリギリまで瞳を近づけて覗き込んでくる。その間にも、ピンポンポンポンピンピンポンとドアチャイムは鳴り続けていた。

「こええよ」

妖怪か。ホラーか。妹か。

俺は思わずドアを開けてしまった。

「お兄が早く出ないからいけないんでしょ！　可愛(かわい)い妹になんて仕打ちだ！」

「可愛い妹は急に押しかけてチャイムを連打しません」

「これも愛ゆえに！」

器用にウィンクをして、両手でハートマークを作り押し出してきた。

有町心都(こと)。

十四歳。シンプルなデザインのセーラー服を纏(まと)った中学三年生。

出会って二秒でわかる愛想の良さ、顔の良さ、愛らしさだが、これでも正真正銘俺の妹である。

「でさ、お兄。何か気づくことなぁい？」

心都はその場でくるりと一回転。最後にえへ☆　と顎ピースを決めた。

「…………前髪二センチ切った？」

「それっぽい適当なことを言うな！　このろくでなしお兄、ダメお兄！　ていうか、髪に触れるあたり本当は気づいてるんでしょ！」

俺に人差し指を突き付けた心都は、ぷくぅと頰(ほお)を膨らませた。相変わらず表情豊かなヤツである。兄の分の表情筋も無理やり使ってくれているのだろう。

「髪染めたんだな。よく似合ってる」

「でしょ、でしょー！　ブリーチ三回もしたんだから！」

ツーサイドアップに纏められた黒髪。そのインナーはピンク色に染められていた。ピンクと言っても蛍光色のような派手な色ではなくて、それでいて鮮やかで、よく心都に馴染んでいた。

「色も綺麗に入ってるな」

「昨日染めたばかりだからねっ！　お兄に早く見せたくて来ちゃった」

「可愛いぞ。俺の妹だなんて信じられないくらいだ」

「ふふん。褒めて、もっと褒めて！」

きゃー！　とテンション高めな心都。控えめな胸を張ってご機嫌だ。俺に褒められて、ここまで喜ぶのは全人類探しても心都くらいなのではなかろうか。

「ていうか、学校になんも言われないのか？　それ」

「だいじょーび。ほら！」

そう言うと、心都は髪を解いて下ろして見せた。少し手櫛で整えると、インナーのピンクの部分は隠れてしまった。なるほど、確かにこれじゃ黒髪にしか見えない。体育とか激しい運動をするのは危なそうではあるが。

「こうやってインナーだけ染めるの学校で流行ってるんだ」

「母さんがよく許したな」

「ほら、そこはあたし、人に媚売るのだけは得意なので！　後、ちゃんとテストでもいい点取ってるからね。上手く納得させましたとも」

「強かなヤツだな、お前も」

「そこはお兄に似ました」

「そか。じゃ、またな。勉強頑張れよ」

「ちょ、ちょちょちょい！　何勝手に戻ろうとしてるのさ！　ちゃんと用があってきたんだから！」

そう言うと、心都は足元に置いていたトートバッグを持ち上げ、押し付けて来た。

中には数個のタッパーが入っていた。中は日持ちするオカズ類だろうか。それぞれ中々のボリュームがあり、パッと見ただけでも相当手間がかかっているであろうことが察せられた。

「まともなご飯食べてないでしょ」

「うちの親はそんなこと言いません」

うちの両親が俺の体調なんて心配するわけがない。なんなら事故死でもしてくれた方が喜ぶのではなかろうか。いや、流石にそれは悲しむだろうか。別にそこまで嫌われてるわけではないはずだし。さて、俺が死んだ時と、俺が殺した時、どちらのが悲しむでしょうか。はいはーい、クソ問題。後者の方が迷惑はかかりますねえ。

「あたしが言ってるの」

「……知ってる。いらん冗談言ったわ。俺のことは気にしなくていいって前も伝えただろ。兄の食事を作ってる暇なんてない。女子中学生の三年間は貴重らしいぞ」

「あたしはお兄の体調が心配です。体調以外も心配です。とにかく色々心配です」

「なんだよ、急に」

「普通のことだよ、お兄を心配するのは。家族なので」

「……家族なあ」

そう言ってくれるのはありがたいけれど、俺みたいなヤツにその資格があるかは、甚だ疑問だ。たとえ家族であろうと、殺人衝動なんて受け入れられないのが正常じゃないか。

両親は俺が一人暮らしをしてから一度もこの家に来ていない。メッセージは父親から申し訳程度に送られてくる。仕送りはちゃんと毎月決まった日に振り込まれている。

最後に母親の声を聞いたのはいつだったろうか。

もう、どんな声色だったかも忘れてしまった。

「大事なあたしのお兄ちゃんだよ。あたしは、お兄が一人暮らししてるのも納得いってないから」

「俺は納得してるよ」

俺だって、殺人衝動を持っているヤツと一つ屋根の下で暮らすなんてごめんだ。常に死の恐怖に晒されている。息子に殺されましただなんて笑い話にもならない。

こうして、家賃と生活費も面倒を見てくれて、気に掛けてくれる妹がいて、それで十分満たされている。

「ていうか、お前来るなら事前に連絡しろって言ったよな。毎度毎度、いきなり訪ねて来やがって」

「なに～？　見られて困るモノでもあるの？　お兄のえっちぃ」

「ちげえ……ちっげえよ？」

力強く否定しようとして、脳内に『性抑』が過る。

「え、お兄もしかしてガチで何かあるの？」

「ない。あるとしても、自作現代アートくらいだ」

「え、何それ！　そっちのが気になるんだけど！」

「あーもう！　とにかく。次からは来る時事前に連絡しろよ」

「したじゃん！　そんな毎回釘を刺されたら、あたしも学習しますよ。めーっちゃメッセージ送ったし、何なら電話もしたんだからね！　お兄既読も付けてくれないし、電話も出ないし！　今回に関しては、あたしに落ち度はありません！」

「はあ？　そんなはず……」

それだけメッセージが来てたら、さすがに気づく。俺のスマートフォンに入った連絡先なんて片手で数えられる程度だし、定期的にメッセージを送ってくるやつなんて心都だけだ。さすがに妹の連絡を無視しようだなんて思わない。

が、そこまで考えて、ある可能性に思い至る。

「……あ」

「どしたの？　雛鳥みたいに間抜けに口を開けて」

ポケットに手をやる。記憶を辿る。家に帰ってきてからのこと。その前。ドラッグストアに寄った。自転車で下校。教室を出るところまで。

「スマホ学校に忘れた……」

「えええええ!?　現代に生きててそんなことある!?　手元になかったら落ち着かなくない？　お兄本当に現代人？」

「うっせえ。四六時中スマホ弄ってないと死ぬ末期中毒者め」

「酷い言われようだ！　でも、普通にないと不安じゃない？」

「……ああ、気づいたら急に不安になってきた」

さっきまで手元にないことにも気づかなかったのに、無性にソワソワする。

「今何時だ？」

「七時十分だけど……」

「なら、ギリギリ間に合うか……」

日は完全に落ちているが、まだ校舎には入れるはずだ。

「え、お兄今から行くの？」

「ああ。差し入れありがとな。助かったよ」

心都から貰った料理を玄関に置いて、高校指定のローファーに足を入れる。ポケットに錠剤を入れた小瓶が入っていることを確認。家の鍵を手に外へ出た。

「ちょ、ちょい、お兄⁉　まだ話したいことが……」

心都は慌てた様子で鍵を閉める俺の上着の裾を引く。

「悪い、また今度。ちょっと学校行ってくるわ」

ほら、やっぱ現代においてスマートフォンは必需品じゃないですか。もはや体の一部じゃないですか。手元になかったら安心しないじゃないですか。

妹とゆっくり話をしてあげたかったところだけど非常に残念だ。

こんな兄を持って生まれた心都なんてすごく残念。ごめんよ。

「もう、お兄のばかー！　ばかお兄！　気を付けろよー！」

4

相棒（ママチャリ）に乗り、この七飛橋商店街を走るのは本日三回目だった。

野々芥学園高等学校がある空前区は、所謂（いわゆる）野々芥のベッドタウンだ。最寄り駅の月上（つきがみ）駅から野々芥駅までは東瞬本線で三駅。ベッドタウンとは大都市へ通勤する者の居住区となっている都市で、特徴の一つとして、夜間の人口が昼間の人口を上回ることが挙げられる。しかし、陽が落ちれば町が賑（にぎ）やかになるかと言われればそんなことはなく、物寂しさばかりを感じる。商店街も人はまばらで、大通りを走る車ばかりが増していた。

だが、俺は多分、この町のそんなところが好きだ。

夜の方が人は増えているはずなのに、確かに寂しさは増している。

所詮誰も彼も一人だよ、とそう言われているようで。

「ギリギリだな」

野々芥学園高等学校。

校門は半分閉まっている。遠目に職員室がぼうっと光を帯びているのが見えた。グラウンドには照明灯の明かりを受けて熱心にボールを追いかけるサッカー部員の姿があった。

がら空きの駐輪場へ自転車を止めて、第二棟へ向かう。

しんと静まり返った廊下には一種の非日常感を覚えた。よく冷えたもののように廊下はどこまでも続いていて、不気味だ。でも、昼間の学校よりは好きだ。違うな、俺は昼間の学校の方が嫌いなんだ。そもそも学校が嫌いなので、好きという表現も正しくない気がしてきた。夜のがマシ。

多分、スマートフォンは俺の机の中にあるはずだ。

二年C組。第二棟二階。手前から三つ目の教室。

ドアに手を掛け、扉を引くと窓際の席で一人の少女が机に突っ伏していた。

まるで、絵画の一枚。

机の上に広がる、夜の闇を映したような長い黒髪。窓から差し込む僅かな月明りに照らされて、それはもう幻想的だった。夜空に煌々と浮かぶ真ん丸の月。そう言えば、今日は満月だった。

彼女には夜がよく似合う。

そう思ってしまうのは、友達のいない俺でも耳に入ってくるあの噂のせいだろうか。

旭日零は吸血鬼である。

「バカらしい」

何が吸血鬼だ。陽の光に当たったら消えてしまうから、こんな時間まで残っているとでも？　血なんて吸ってみればいい。ニンニクでも投げつけてやろうか。吸血鬼なんて非科学的だ。狼男が言うんだから間違いない。決して、吸血鬼って噂されるのちょっとカッコいいな俺のとは大違いとか思って嫉妬しているわけではない。

屈んで自分の机の中を覗くと、スマートフォンは手前の方にあった。

「犬を殺すとすっきりする」

スマートフォンをポケットにしまうと、後ろから声がかかる。

薄氷のように脆く、触れれば壊れそうで、しかし、この静かな教室ではよく通る綺麗な声音だった。平坦な物言い。言葉尻が上がらなかったが、きっとこれは俺への質問だ。

「はあ？」

起きていたことに驚いた。そして、あの旭日零が俺に対して毛ほどでも興味があったことにも驚いた。彼女を見ると、その黒い髪の隙間から俺を覗いていた。

「別にしねえ」

「あの噂、本当だったの」

旭日は顔を上げて、じっとこちらを見る。

黒髪が払われ、彼女の無表情が露になる。作り物のように端整な顔立ち。その肌は陶器のように白く、瞳は濁った水晶のようだった。絹のような髪が綺麗に通った鼻筋にかかる。目の下のクマが酷いことを除けば、人形のようだという比喩も適切かもしれなかった。

ああ、たしかに、吸血鬼みたいだ。

「旭日もくだらないゴシップに興味があるとは思わなかったな。じゃあ、吸血鬼の噂はほんとなのか？」

「さあ。どちらでしょうね」

「…………」

表情筋が全く動かないせいで、煽っているのか、冗談を言っているのか、からかっているのか、苛立っているのか、何もわからない。何も考えていない、が正解だろうか。

旭日は思いきり立ち上がる。

椅子が音を立てて転がった。

「そ、れ……」

俺を指さして、驚いたように声を発する。心なしか彼女の瞳に光が灯ったような気がする。

そう、まるで獲物を見つけた吸血鬼のように。

「あ？」

「血……」

「ああ。まあ、よくあることだ」

旭日の視線を追った先、俺の右腕からは僅かに血が滴っていた。思い当たることはない。自転車置き場でひっかけたのかもしれないし、どこかの柵に刺さったのかもしれない。

痛みを感じないせいで、どうしても自分の怪我に無頓着になってしまう。

この程度の擦り傷や切り傷なら日常茶飯事なのだが、旭日にとってはそうではなかったらしい。旭日は血相を変えてゆっくりとこちらに近づいて来る。

「何？　心配してくれんの？」

最初は血を見て驚いた旭日に心配されているのだと思った。

でも、そうではなかったのだとすぐに気づくことになる。

「いい色」

旭日はゆらゆらと体を揺らして俺の前までやってくる。

まるで、俺のことなど見えていないようで、爛々と輝く瞳は腕から流れる赤色だけを映していた。

「おい、旭日？」

ジッと。

ジーッと。

穴でも開けたいのか、吐息のかかる距離で俺の流血を見つめる。

何かに取り憑かれたような様子の旭日は、俺の腕を掴み押し倒す。ゴツ、と重たい音が響き、頭が床に叩きつけられるが、痛みは感じない。背中の圧迫感。帳が下りるように旭日の黒髪が視界の端に掛かる。

「美味しそう、どうして君はこんなにも美味しそうなの」

旭日の視線がぐるんと動き、俺の首筋をロックオンする。

どうにも様子がおかしい。

とても正気だとは思えない。

目の前の彼女と俺の中の旭日零が重ならない。

いつも教室の隅で本を読んでいる。大人しくて、しかし冷たい。運が良ければ一日に数回は聞ける透き通った声。冷たい。冷たい。冷たい。冷たくて少し寂しそうな彼女。

ゆっくりと口を開く。

しっとりと湿った唇。

八重歯が目に留まる。

唾液が糸を引いて煽情的だ。

口端からつうと零れた唾液に頬を濡らされた。

抵抗はしなかった。動けなかった。それは、きっとあまりにもここから見る彼女が幻想的だったからだろう。不覚にもこの状況で、一番の感情は美しいだった。

「あ……さひ」

嗚呼、なんだ、本当に吸血鬼だったのか。

そうか、そうか、つまり君は吸血鬼なんだな。

歯が首筋に突き立てられる。首筋に血が伝う。痛みは感じないのだが、何か魂とか大事なものが体から抜けていくような感覚があった。不思議と不快感はなかった。

「はあ……っ、んん」

こくん、と旭日の喉が鳴る。

ちゅぷちゃぷ、と艶めかしい音が体中に響く。

俺は今食べられている、そんな実感があった。

「……ぁ、いい。何よりも、誰よりも……美味しい」

まるで呪いのように耳元で綺麗な音色で声が鳴る。

食事。

喰らう。

俺を貪る。

八重歯を突き立てる。

零れる血が勿体ないと首筋を舐める。

じゅるじゅると唾液を馴染ませるように。

吸う。吸いつく。

ちゅうちゅうと絞りつくすように。

無我夢中。

「ぷはぁ……っ」

しばらくして満足したのか、旭日はゆっくりと体を起こす。

彼女の喉がごくりと鳴る。

口端からはさっきと違って赤の液体が漏れていた。

俺の血だ。

彼女が口元を拭い、妖しくわらった。

「あなた、痛くないの？」

「あ？　あー、ちょっと齧（かじ）られた程度だろ」

「違うわ。あなたは痛みに悶（もだ）えて、泡を吹いて倒れて、意識を失うの。それが常識よ」

「どこの世界の常識だよ。怖すぎるだろ」

「怖いのはあなたよ」

旭日は口元に手を当てて、ほくそ笑む。

どう考えても、怖いのは旭日の方だ。いきなり首筋に歯を立てて、血を吸って、痛みについてはよくわからないが、驚きはする。

「はあ？　……ぅぐ」

立ち上がって――瞬間、心臓が熱を帯びる。

はいはーい。本日二回目の登場でーす。

高らかに。脳内で。溢れる。

これが恋の始まりだと言うのならロマンチックだと思うが、残念ながらそうではなくて、これはもっとバイオレンスなやつだ。旭日の口から滴る血を見たからだろうか。いつも突然やってくる。ふざけるな。来るときは事前に連絡入れろって言ってんだろ。スマートフォン手元にないから意味なかったけど。あークッソ、きめぇ。

「有町……君？」

意識が曖昧になる。ぼうっとする。だるい。吐きそうだ。そして取り憑かれたようにそのことしか考えられなくなる——旭日を殺したい。

「ああ、そうなのね」

人を害したい。血を見たい。血を流して、そしたら痛いの、痛いってどんな気持ち？それを知りたい。ちょっとした好奇心。嗜虐心（しぎゃくしん）とかはなくてさ、ちょっと中身を見たいって思うんだよ。

何？　中身を見たいって。およそまともな人間の思考じゃねえだろ。てか、そもそも、人間じゃねえのか？　人間失格ですか。

嗚呼、今すぐこんなイカれた人間は死んでしまいたい。

嗚呼、今すぐ目の前の綺麗な人肌を切り裂いて殺してしまいたい。

「よかったわ」

でも、ダメだ。今はよくない。この状況ではすごくよくない。

そう考えれば考えるほど、心臓の鐘の音は速く、体は熱を増していく。

「ちゃんと、一つは殺人衝動なのね」

俺はポケットに忍ばせた小瓶の存在を思い出す。

慌ててそれを取り出すと、震える手で蓋を回す。手を滑らせながら、何とか蓋を開けると、それは俺の手の中から弾かれた。

旭日が叩き落としたのだ。

「テメエ、何しやがる」

カランと乾いた音が響いて瓶が転がり、中身の錠剤が散らばった。

いつの間にか旭日は俺の前にぺたんと座っていて、表情はいつもの無表情に戻っていて
……いや、何だか少しばかり上気しているように見えた。

「ダメよ、こんな玩具に頼ったら」

旭日は足元に転がった錠剤の一粒を摘まみ上げる。

んべ、と舌を出すと、見せつけるように錠剤を置いて、口の中に入れた。

「おい、ふざけんな！　薬だぞ！　俺の殺人衝動を抑える薬なんだよ！　抑えるために必要な、なあ！　出せよ！」

俺は慌てて旭日に迫り、その細い手首を掴む。無理に引き寄せて、もう片方の手で頬を

アイアンクローのように摑む——ガリ。小気味のいい音が響いて、錠剤が嚙み砕かれた。

「やめろ、旭日!!」

旭日は頰を摑む俺の手を、両手で引き剝がす。

すると、無表情を崩して、煽情的にわらった。

「甘っ。ラムネじゃ何も満たされないでしょう?」

旭日の指摘にほんの少しの羞恥心。

「……ッ」

「それとも効果があるの。ラムネを薬に見立てて、それで殺人衝動は収まった？　それに効く薬なんてないはずよ。まるでおままごとね」

そうだよ。〝狼男〟を抑える方法なんてねえんだよ。あるわけねえだろ。その錠剤もただのブドウ糖の塊だよ。お菓子だよ。わざわざ、それっぽい小瓶に入れ替えてまでなあ。ウケるだろ。笑えよ。なあ。

「クソうぜえッ」

でも、そんな僅かな羞恥心は圧倒的な殺意に薄められてしまって、俺はそのまま旭日を押し倒した。床に黒髪が綺麗に広がった。旭日は抵抗をしない。先ほどとは真逆の体勢。

俺が旭日に馬乗りになっている。

「はあはあ……っ、はは、綺麗だ……なあ！」

旭日を見下ろす。

美しく、でも少し濁っている瞳。裏側はもっと綺麗だったりするのだろうか。細い首。力を込めればあっさりと折れてしまいそうで可愛い。やせ型。細い体。きめ細かな肌。白い。白くて思わず汚したくなる。新雪を踏み潰すのと同じ。例えば赤色なんかが映えると思う。薄い皮一枚の下に秘められた沢山の真っ赤。

「そうよ。ラムネなんかより、よっぽど甘美でしょう」

旭日雫は抵抗をしない。

旭日雫は嫌な顔をしない。

まるで、誘うように、降参だとでも言うように両手を床に投げ出して、僅かに笑った。はだけた制服から覗くみぞおちに視線が引かれる。白いブラジャーのアンダー部分がちらりと見える。欲情はしない。ただ、その先を引き裂いてやりたい。いいや、これこそが欲情なのだろうか。ああ、たしかに性欲と殺人衝動は紙一重なのかもしれない。

「今、私を殺したら、とても気持ちがいいのでしょうね」

引っ掻くように、旭日のみぞおちあたりに指を這わせる。

そりゃ、気持ちがいいだろう。射精の何百倍も気持ちがいいはずだ。だってこんなにも綺麗だ。端整で、触れただけで壊れてしまいそうで、美しくて、そんなの中身はもっと素晴らしいに決まっていて、どうしようもなく、今まで生きて来た中で一番惹かれる。今日は満月だ。最も俺の力が高まる日。旭日の肌など、肉など、その先まで素手で簡単に引き裂いてしまえる。粘土でも千切るように簡単に。

でも、それでも——。

「いいよ」

ドクン。

心臓が大きく跳ねる。

小さな透き通った声は静かな夜の教室に良く響いた。

いい？　何が。このまま、俺の思うままに？　死ぬぞ。本当に殺したらどうなる。痛い。腹なんて裂いたらクソほど痛いに決まっている。知らねえけど。痛いってよくわからないけど。多分綺麗な旭日の顔は歪（ゆが）んで、俺は生きちゃいけない存在だ。

「いいよ。殺して」

はっきりと。

イイヨ？　コロシテ？

殺して。人を。旭日を。この綺麗な体を引き裂いて。

犬とはわけが違う。人を殺す。いつかやると思ってたんですよ。なんてテレビで流れて、でも、意外でもなんでもなく、誰に聞いても同じような答えで、俺が行くのって少年院？　殺人だとまた違うのだろうか。まあ、俺が居なくなって困る人なんていやしない。

「殺さないの。殺せないの」

殺したいよ。

殺したくないよ。

嘘、殺したくて、殺したくて仕方がないよ。

嗚呼、ダメだ。頭が割れそうだ。

欲望と理性が俺の脳ミソを引き伸ばして綱引きをしている。

でも、タダ一つ本音を吐露するとすれば、こんなに期待したのは初めてだ。

もう、ここで終わってもいいと思えるほどには。

いいや、少し違うな。

どうせ殺すなら君がいい。

目を惹かれる。引き付けられる。圧倒的に魅力的で、綺麗で、血が沸き上がるように熱くなる。魅了される。気持ちがいいほどに。求める。本能が。湧き出てくる欲求。麻薬のようだ。

「きっと、私の中身は綺麗だわ」

その一言で、もうタガが外れた。

旭日の中身が見られれば何でもいい。

旭日のみぞおちに這わせた指に力を込める。

簡単。とーっても簡単に引き裂ける。三分クッキング〜。いやいや、三分もかかりませんよ。秒で調理できてしまうんですよ。白い肌。新雪のような肌。溶かすように。陶器を割るように。引き裂く。指先に心地の良い感触が残り、果汁のように真っ赤な血が溢れた。

「う、く……っ」

旭日から苦悶（くもん）の声が漏れた。

彼女の表情を覗（のぞ）き見すると、わらっていた。

額には脂汗を浮かべていて、確かに痛みは感じているはずなのに、わらっていたのだ。

俺を挑発するようにわらっている。

気持ちがいいぞ、とでも言うようにわらっている。

「は、はっはははっ」

そりゃ、俺も楽しくなっちゃうって。

気づけば、笑い声が、頭の中に俺の声が響いている。

もっといける。指に力を込める。ぐじゅぐじゅ。じゅるりん。ぶぱあ。ほら、指がどんどん中に沈んでく。押し出されるように真っ赤な血が。いやいや、どちらかと言えば黒？ご機嫌に湧き出て来やがる。

「あはははっ、痛い？　なあ、痛いよなあ！　どんな気持ちだ？　生きてるって感じがするか？　死との距離って感じるのか？　黒い、黒いなあ。血ってさ、思ったより黒いよなあ！　綺麗だ、旭日！　お前は綺麗だよ！　ははっ」

旭日の中で指を動かす。ぬるぬる。ぶにぶに。肉。臓器？　指先が触れる。何かの臓器かな。もっと人体とか勉強しときゃあよかったかもな。そうしたら、もっと楽しめた？

違うよ、知らないからこそ、こーんなにもワクワクするんだって。

万歳するように両手を掲げて、焦点の合わない目で天井を見る。

揺れる。世界が揺れている。

真っ赤に染まった両手から、血が滴る。

垂れて来た血を顔に浴びて、旭日がしていたように、血を口に含んでみた。

「えー？　美味しくはねェよォ？」

ちゃぷちゃぷ。

口の中で転がしてみるが、旭日の言う美味しいはよくわからなかった。

そして、視線を下に落として、さっと血の気が引いた。

「あ、あ……っ」

旭日の腹を抉(えぐ)って血を浴びたからだろうか。

殺人衝動はすっかりと満たされてしまって、でも、その余韻を楽しむ間もなく、目の前の惨状が俺の冷静になった脳へ叩(たた)き込まれた。

「あ、さひ……？」

旭日に馬乗りになっていた俺は、慌てて立ち上がる。

床に広がった黒髪。はだけた制服。机の脚には血が飛び散っている。旭日の腹部を中心に血だまりが広がっている。白かったシャツはすっかり赤く染まっていて、旭日の頬にまで血は飛び散っていて、ズタズタの腹からは、肉だか臓器だかよくわからない中身が飛び出ていた。旭日の息は辛うじてあるようで、浅く呼吸を繰り返している。ぴくりと細い指先が動く。

自分の手のひらを見る。震えていた。真っ赤に染まっていた。

何が、染まっていた……だ。他人事みたいに。クソ笑えねえ。

思考が追い付かない。これからどうすればいいのか、どうなるのか、何も考えられない。

頭ん中真っ白だ。罪悪感と後悔と不安感。

でも、それを上塗りするほどに。

「……綺麗だなあ」

月明りの下。

夜の教室。

中身を曝け出して仰向けに倒れる旭日零は、どんな一級品の絵画よりも美しかった。

「……は？　おえっ」

俺は今、なんと言った？　綺麗？　こんな非人道的で、悲惨で、頭を抱えたくなるような真っ赤な光景が綺麗？　旭日の死体が？　キレイ？

違う、違うんだよ……って、誰への言い訳？　あー、やっぱい、脳ミソから酸素が引き絞られるようだ。息が苦しく、生きているのが苦しく、現実は受け入れ難く、雑音に塗れた心中は一周回ってクリアで——ああ、ついにやっちまった。

「どう？　満たされた？」

もう、一生聞くことができないと思っていた、鈴の音のような声が聞こえた。

旭日は、こぽりと血を吐き出すと、床に手を突いてゆっくりと体を起こす。

「え、お前……生きて……」

命とは一方通行だと思っていたが、不自然に旭日の動きは自然になっていく。

手の甲で口元の血を拭う。乱れたシャツを直すが、ボタンが飛んでしまっていて前が上手(うま)く閉まっていない。

「私もここまで派手なのは初めてよ」

そして、ついに旭日は、まるで何事もなかったかのようにすっと立ち上がる。

「でも、案外悪くない気分ね」

腹に穴が開いてるくせに。

掬(すく)えるほどの血を流したくせに。

「お前……それは……っ」

旭日が真っ赤に染まった腹部を撫でる。

血が拭われた奥には、踏みつけられる前の新雪が現れた。

「あなたが言ったんじゃない――私は吸血鬼よ」

5

俺が抉ったはずの腹部は、嘘だったかのように治っていた。

だから、何だと言うのか。俺は確実に旭日を傷つけた。肉を裂いて、抉って、引きずり出して、絵画でも描けそうな量の血を溢れさせた。

最悪だ。

最低だ。

犯罪者だ。

「はあはあ――っ」

殺人衝動？　いやいや、俺が死んでしまえよ。

ずっと心の中で考えていたことが、現実味を帯びて、じくり、じくりと疼き出す。

旭日を殺している最中のことは鮮明に覚えている。自分が発した言葉も、旭日の肉の感触も残っている。まるで別人のようで、あれが自分自身の望みだとはっきりと自覚している。旭日を傷つけていた時の高揚感があって、それが残っているほどに、自己嫌悪が絶えず湧いて出てくる。

旭日の顔を覗き見する。

無表情の彼女の考えは汲み取ることができず、すると、カツカツと足音が聞こえて来た。

どうやら、見回りの先生が来たらしい。

廊下を見る。床を見る。旭日を見る。

まるで殺人現場だ。真っ赤に染まった教室と、自身の血に彩られた旭日と。

このまま、教師に全てを委ねてもいいかもしれないと、半ば投げやりな思考に陥ったところで、旭日が廊下から体育着を持って来た。サイズ的に多分、俺のだ。

「借りるわ」

俺の体育着を着た旭日は、余った袖をぷらぷらと揺らしていた。小柄な彼女には随分とサイズが大きいようで、スカートも半分以上隠れている。

「拭いて」

旭日は半袖の体育着を投げてよこした。

「あ、ああ……」

俺は特に疑問を持つことなく、血だらけの床を拭う。脂のせいか思ったよりもぬるりとしている。暗くてよく見えない。ちゃんと拭けているだろうか。

「あなたは？」

旭日の言葉で、自分の体も返り血で真っ赤なことに気が付いた。

「……なあ、旭日。自分の体育着あるだろ」

「ない」

「……」

「体育は全て見学しているもの」

そうだよな、吸血鬼は太陽苦手だもんな。

なんて、随分余裕ある思考しちゃってますね、犯罪者クン。

「あなた、何を呆けているの。先生が来るわよ」

旭日が呆れたように俺を見下ろす。

旭日零への罪悪感。

有町要への嫌悪感。

その二つがぐちゃぐちゃになって、それ以外の思考が冷静にできないのだ。

今から俺がする能動的な動作の全てが間違いな気がして、動けない。

「立って、有町君」

旭日は大きくため息を吐くと、立ち上がれないでいる俺に手を伸ばした。

「私のために立って、動いて、有町君」

おかしな話だが、今の俺には、これが救いの手のように見えるのだ。自分が傷つけた相手なのに、この手を摑むことだけが、唯一の正しい選択のように思えた。

だから、導かれるように、旭日の白くて細い腕を摑み、立ち上がる。

旭日に手を引かれて教室を後にすると、ちょうど、先生が二つ隣の教室に入っていくのが見えた。

手を繫いだまま、階段へ向けて静かに走る。運動は苦手らしい。一目でそれがわかる走り方だった。あまりにも遅い。そんな旭日に手を引かれて、ほぼ歩くようなスピードで夜の廊下を進む。

「おーい。誰かいるのか？」

見回りの先生に声を掛けられる。

たしか、学校の施錠時間は二十時だったはずだが、それとは別に最終下校時刻が定められている。部活等の事情がない限り、校舎内には入ってはいけない。忘れ物をして……と誤魔化せばいいのだが、返り血で真っ赤になった俺はどうやっても誤魔化せない。

夜の学校と、白い肌の吸血鬼、真っ赤な教室と、殺人現場と。

ぐるぐると巡る益体もない思考。

何が正しくて、何が間違っているのか。

今、俺は何をするべきなのか。何もわからないけれど、なんとなく、旭日についていけば何かがわかるような気がして、何か大事なことを教えてくれるような気がして、でも、それこそが、思考放棄だと言うのなら、俺はもう考えることなど止めてしまいたい。

「わりぃ、旭日」

このままでは見つかってしまう、そう思って、旭日の膝裏に腕を差し込んで、お姫様抱っこをした。軽い。骨が発泡スチロールでできているのではなかろうか。

「お前たち！　ちょっと待ちなさい！」

見回りの先生の声に背中を叩かれる。懐中電灯を照らされて、俺は慌てて走り出す。旭日を抱えて全力で。廊下を駆け抜け、階段の前。大きくジャンプして、全段飛ばし。心地の良い浮遊感。旭日が強く俺の腕を握る。そして、踊り場に着地。

「お、おろ……さい」

更に、次の階段も、次の階段も全段飛ばしで跳ぶ。

旭日が何か言っているが、風切り音で何も聞こえない。

旭日が異常に軽いと思ったが、違う。さっきの殺人衝動の影響がまだ残っているのだ。〝狼男〟は、殺人衝動が起きている間、筋力が異常に向上する。加えて満月の今日は、ひと月で一番力が強い日。

「お、ろしなさい……！」

確かな高揚感と、膨れ続ける自己嫌悪と、名前もわからぬ旭日への気持ち。

何かが始まる予感と、全てが終わる予感とは紙一重のようで。

　そして、そのまま階段を跳んで、跳んで、一階に辿り着き、校舎を出た。

　瞬間、腕の中の旭日に顎を殴られた。グーで。

「おい、何しやがる」

　筋力の問題か、あまり痛くはなかった。

「降ろしなさいって言ったの」

　いつも通りの無表情だったが、僅かに怒気が漏れていた。

　要望に応えて、旭日を降ろしてやる。

「悪かったよ、でも、あの状況じゃ仕方ねえだろ」

「あの浮遊感、無理なの」

　こんな状況だというのに、真顔でそう答える旭日に気が抜けてしまう。

　なるほど。ジェットコースターとか苦手なタイプだ。それは共感。

　自転車を取りに行くと、旭日は逆方向に歩いて行った。僅かに開いた校門の隙間に体を滑らせ、外に出る。自転車を引いて高校の敷地内を出ると、旭日はすぐそこで待っていた。

　ちらりと俺を確認すると、迷いもなく歩き出す。

　付いて来いということだろうか。旭日が向かう方向は家とは真逆なのだが、このまま帰るわけにもいかない。聞きたいことは山のようにあって、確かめたいことも谷のようにあるのだ。

十五分ほど旭日の後ろを付いて自転車を引いて歩く。

その間に会話はなかった。

辿り着いたのは、ベンチとブランコ、申し訳程度の鉄棒があるだけの狭い公園。

旭日はベンチの端に座って、ジッとこちらを見た。

俺は踵を返して公園の入り口にあった自販機へ向かう。少し悩んだ末、ボタンを押して、スマートフォンをパネルに翳した。交通系ＩＣにて支払いが完了し、缶が吐き出される。

それをもう一度繰り返す。

旭日の下へ行き、缶の片方を無言で差し出した。

「あなたが吸血鬼に対してどういうイメージを持っているのかよくわかったわ」

どうやら、トマトジュースはお気に召さないらしい。リコピン入り！　とポップがあったのだが。これで、少しでも出ていった血が補充できればと思ったのだが。

「わりぃ。こっちならどうだ？」

「あなたのセンスが壊滅的なのがよくわかったわ」

飲むプリンもお気に召さなかったらしい。甘くて美味しいのだが。

旭日は一瞬の逡巡の後、トマトジュースの方を受け取った。

旭日の隣に腰掛ける。

「俺を警察に突き出すってんなら、付き合うぞ」

学校から公園までの道のりで、俺の思考も随分と冷静さを取り戻した。

俺は〝狼男〟による衝動に任せて、引き上げられた筋力を以て旭日を傷つけた。

この際、旭日の傷が治ったことはどうでもいい。ただ、彼女を傷つけたことは事実で、痛みを感じたのは間違いないことで、俺は間違いを犯した。

「楽しそうだった。満足した？」

「……は？」

しかし、旭日の言葉は予想外のもので、俺を責めることも、恐れることもなく、悲しむわけでもなく、淡々と的外れな質問を投げかけて来た。

「お前、何言ってんだ……？」

「衝動のまま人を殺したことなんてなかったでしょう？　満足した？　気持ちがよかった？　満たされた？　そう聞いているの」

「んなわけねえ！　人を殺しておいて、気持ちいいとかそんな……っ、ありえねえだろ！」

カッとなって、俺は思わず声を荒らげる。

「そう。あんなに楽しそうだったのに」

楽しそう？　旭日にはそう見えたのか？

いや、そうだ。俺は未だかつてないほどの高揚感を覚えていた。

それが今になってみると、酷く気持ちが悪い。認めたくない。こんなおかしな欲望を認めたくないはずなのに、満たされていたかと言われれば、恐らく、もう、認めたくないなどという哀れな葛藤がその答えで、あの瞬間、俺は確かに旭日を傷つけることに夢中だったのだ。

「お前おかしいぞ。死んでもおかしくなかったはずだ。痛かっただろ。恐ろしくなかったのか？　何があったか理解してるか？　俺はお前を傷つけた！　傷つけたんだよ！　俺は異常で、おかしな思考を持ったバケモノみたいなヤツで――むぐぅ」

捲し立てる俺の頬に、旭日がトマトジュースの缶を突き付ける。

だから、そうだ。せめて旭日が俺のことを心底気持ち悪いと否定してくれたなら、それが一番楽ではあると思っているのに。

「落ち着いて」

いやいや、お前はもっと慌てろよ。

そう言ってやりたかったが、旭日は氷のように冷えたまま。

「私は死んでいないし、あなたのことをこれっぽっちも恨んでなんていないわ」

「…………」

俺が降参だと両手を上げるのを見て、旭日は缶を下ろした。

「あれくらいじゃ死なない。傷跡すら残らない」

旭日は腹部を撫でながら言った。

「それに私もあなたの血を吸った。お互い様よ」

「いや、それとこれとじゃ全然違うだろ」

「同じよ。私に血を吸われたら、気絶するほどの激痛が走るの。骨が折れるよりよっぽど痛いって」

そんなことは全くなかった。むしろ、ちょっと気持ちがいいくらいだった。いや、それは俺が〝狼男〟だからか。特性の一つ、俺は痛みを感じない。

そして、きっと旭日は――。

「……本当に吸血鬼だったんだな」

「ええ。私はあなたと同じ、K―ウイルスにかかっているわ」

K―ウイルス、タイプ〝吸血鬼〟。

そういうことだろう。

「俺のことを知ってたのか？」

「……そうね。鎌倉先生に聞いたの」

そう言えば、今日の昼休み旭日は鎌倉先生と面談をしていた。その時だろうか。それよりもっと前か。少なくとも、鎌倉先生は、〝吸血鬼〟である旭日を俺と同じように気にかけていたのだろう。

俺には、旭日のことを言わなかったくせに。いや、言おうとしていたのか？　今日、そんな素振りは確かにあった。

「殺人衝動についても教えて貰ったわ。先生は言うのを渋っていたけれど……私が言い当ててしまったから」

言い当てる？　犬を殺した噂から推測したのだろうか。それとも、狼男の特性から推測した？　普段の俺を見ていれば意外とわかるものだったりするのだろうか。

「もう一つ。あなたは痛みを感じない」

「ああ」

「そう。それはよかった。とても」

旭日に血を吸われた人間は耐え難い激痛を覚えるらしい。旭日は、殺人衝動と同じように、無痛にも見当が付いていたのではなかろうか。だから、あんなにも余裕な笑みを湛えていた。

だが、いいことなんて一つもない。痛みとは体の異常を知らせる最たるサインだ。それがぶっ壊れちまってるんだから、本当にどうしようもない。痛みなんて感じた方がいいに決まっている。

「それと、殺人衝動が表に出てる間は身体能力……特に筋力がめちゃくちゃ上がる」

「どれくらい」

「日によって変わるが……あれなら、片手で曲がる」

俺は公園の奥に並んだ鉄棒を指差して、言った。

「私の首なんて簡単に折れてしまいそうね」

「楽しそうに何言ってんだ」

「そう見える」

「表情はあんま変わらねえけど、そんな感じはする」

「正解」

旭日は両手で自分の首を絞める動作をしてみせた。

まるで、俺を挑発するように。

「ヤバいやつだな、お前」

タブを起こして、飲むプリンの缶を開ける。開けてから、後悔。振るのを忘れていた。二回に一回は忘れる。パッケージに大きく書かれた、『よく振ってくずして飲む』という文字を見て、思わず舌打ちが漏れる。親指で穴を塞いで、控えめに数回振った。

すると、横からカツカツと乾いた音が聞こえる。旭日を見ると、タブに爪を引っ掛けてトマトジュースと格闘していた。どうやら、上手くタブを起こせないらしい。ついに諦めて、「ん」なんて言ってこちらにトマトジュースを突き出してくる。

飲むプリンを一旦ベンチに置いて、トマトジュースを受け取る。タブを起こして、旭日に渡してやった。

「ありがとう」

旭日は早速、トマトジュースで喉を潤す。コクコクと動く喉を見て、それ、俺の血とどっちが美味しいですか？　なんてクソみたいな疑問が頭を過った。

「K―ウイルスのタイプ〝吸血鬼〟……でいいんだよな」

「ええ」

「主な不調は二つ。一つは、異常な肉体の再生能力」

「そうね。今日ほど悲惨なのは初めてだけれど、大体の怪我は一瞬で治る。骨折した時もそうだったわ。そういう意味では、有町君と同じで怪我には無頓着かもしれない」

「違うだろ。旭日は痛みを感じる」

「今日、よくわかったわ。私は痛みに鈍いみたい」

それが強がりで言っているわけではないことくらいわかる。今日のは、そういうレベルの怪我ではなかった。それでも理解はできなかった。理解できないのは、俺が痛みを感じないからなのだろうか。

「で、もう一つは吸血衝動。そうだろ？」

「ええ。突然、血が吸いたくて、吸いたくて仕方なくなるの。喉が渇いて、渇いて仕方がなくなるのよ」

感覚的には、俺の殺人衝動と同じだろうか。

「それ、普段どうしてんだ？　抑えるの大変だろ」

「とある伝手から輸血パックを貰っているわ。いつもは、それで誤魔化してる」

「今日はそれを切らしていた、と」

「………そうね。輸血パックの血なんて不味くて不味くて仕方がないし、本当はどこのだれのものかもしれない血を飲みたくはないの」

旭日は少し考え込むような仕草をしてから、「でも、吸血衝動を抑えるためには仕方ないから……」と言葉を続けた。

「血によって味とか違うものなのか？」

「ええ。あとは鮮度が大事ね。もぎたてが一番。ごちそうさま、有町君。あなたはとても美味しかったわ」

「……っ、そうかよ」

鋭い八重歯と、しっとりと湿った舌と、唾液の糸を引く口の中。

首元を這う舌と、艶めかしい水音と、熱を吸われるような甘美。

旭日に血を吸われた時のことが思い起こされて、言葉に詰まる。誤魔化すように、飲むプリンを口の中に流し込む。急激に体温が上がるような感覚に、旭日を直視できなくなって、話題を変えた。

「他は！　特にねえのか」

「何が」

「支障が出ること」

「細かいのが幾つか。太陽光に弱くて、すぐに肌が荒れてしまうわ。ちょうど、火傷(やけど)するみたいに」

「だから、教室に残ってたのか？」

「ええ。日傘を差してもいいのだけれど、太陽を気にして外を歩くのも気分がいいものではないし。いつも陽が落ちるのを待ってから出るようにしてる」

「なるほど」

「〝吸血鬼〟由来かはわからないけれど、完全に夜型ね、私。昼間は眠たくて、眠たくて仕方がないの。逆に夜は思考がよく冴(さ)えているけど」

「だから、授業中いつも寝てんのか」

「よく見ているわね」

「席が俺の一個前だからな。嫌でも目に入んだよ」

「そう」

旭日はトマトジュースを飲む。

缶を口から離すと、俺の視線に気づき、もう一度缶の中身を呷(あお)った。

「私たちにはK―ウイルスがある。普通じゃない」

旭日は夜空に輝く真ん丸の月を見上げながら、滔々と語りだした。

「私は小学校の高学年に上がった頃にタイプ〝吸血鬼〟になった。太陽が出ている間は外に出られないから運動なんてできなかったし、昼間は眠たくて、眠たくてしょうがなかった。吸血衝動にも悩まされた。直接吸った血の味が忘れられなくて、クラスメイトの首筋に歯を突き立ててやろうかって何度も考えた。でも、我慢してトイレで輸血パックを飲んでいた。当たり前だけど周りに隠していたから……言ったところで信じてなんてもらえないだろうけど。まともに友達なんてできようはずがなかった。理解なんてされようはずがなかった。〝吸血鬼〟の私は受け入れられなかった、誰からも」

わかる。想像できる。共感できる。

状態は違うけれど、きっと旭日と俺は同じような悩みを抱えて生きて来たのだ。

「旭日は普通の生活がしたいのか？」

「違うわ。私は特別になりたいの」

「…………はあ？」

今がまさに特別な状態なのではなかろうか。悪い意味でだが。

普通の平穏な日常に憧れている、そういう語りなのではなかったのか。K―ウイルスなんてウンザリだと。世界に受け入れられたいのだと。そういう訴えではなかったのだろうか。俺は彼女の真意を正確に汲み取ることができていないようだ。

「あなたは、普通の生活に憧れる？」

「そりゃ、まあ。普通に友達くらいいて、殺人衝動に怯えることなく日々を過ごせたら
……なんて、毎日のように考える」

そんなものは、望めるはずがないけれど。

「ああ。他人を殺したいだなんて、人が持ってちゃいけない欲望だろ」

「K―ウイルスが恨めしいのね」

「そう？　抱くことで罪になる欲なんてこの世にないと思うわ」

「いつか、現実に反映されてしまうかもしれない恐怖に怯えて生きてたくはねえ」

事実、今日、旭日を殺してしまったじゃないか。

旭日が〝吸血鬼〟だったから、なんて結果論の言い訳でしかない。

「旭日だって色々大変だったんだろ？　K―ウイルスが恨めしいのは同じのはずだ」

「どうして？」

「……は？」

「どうして、私が私を憎まなくてはならないの」

いやいや、憎む憎まないって、別にK―ウイルスによる体の異常事態を指して不自由だろうと言っているのであって、それがなぜ旭日自身の話になるのか。

旭日だって、K―ウイルスがなければもっと自由に生きることができたのではないか。

〝吸血鬼〟でなければ、気にせず太陽の下を歩くことができたし、吸血衝動に悩まされることはなかったし、昼間に眠気を感じながら授業を受けることもなかったのではないのか。

それは、全て旭日零が〝吸血鬼〟であるが故の不利益に違いないはずだ。

だが、旭日は胸元に手を当てて、凜とした表情で口を開く。

「これが私よ。〝吸血鬼〟であることを含めて、旭日零なの」

ベンチの端に備え付けられた背の低い街灯が、ぱちりと音を立てて、点滅する。

旭日は雑念一つない、心の底からの自然な言葉として、その言葉を吐いた。

嗚呼、なんだ、俺とは全然違うじゃないか。

思わず、視線が引きつけられ、全身の細胞が沸き立つ。

今まで芽生えようもなかった常識外の考えを、思考の範囲内に植え付けられた感覚。

「不自由があっても嫌悪はないし、〝吸血鬼〟を恥だとは思わない」

なぜ、こうも自分の思考が恥ずかしく思えるのか。

なぜ、こうも旭日零に正しさと、鮮烈さを感じてしまうのか。

何もうまく言えないし、旭日の考えなど汲み取れようはずがないが、ただ、なんだろう、この気持ちは。旭日に対する否定とか、肯定とか、そんなちゃちなことではなくて、ただ、無性に惹かれる。

そう、ただ、惹かれるのだとしか、今の時点では言葉にならない。

「あなたはとても美味しかった。今まで食べた何よりも美味しかった。やっぱり直接血を吸うことでしか得られない何かがあるみたい。こう見えて、今の私、とても調子がいいわ。気分もいい。体調もいい」

確かに、今の旭日は教室での彼女より顔色がいい気がする。

今が夜だからだと思ったが、それ以上の理由があったらしい。

「あなたはどう？」

旭日は俺の顔を覗き込むようにして、聞いてくる。

「どうって……」

「言わなくてもわかるわ。あんなに必死だったもの。理性なんて投げ捨てて、欲望のままに、本能が求めるままに、私のお腹を引き裂いた。そうでしょう」

「そういう言い方をしたら……そう、かもしれねえけど」

「私はずっとあなたを待っていた」

旭日はトマトジュースの缶を逆さまにした。少し残っていたドロドロとした中身の全てが落ちて、乾いた地面を濡らす。空になった缶を二、三度振って水気を落とした。

「契約をしましょう」

旭日は、その無表情を妖しく崩した。

「君を食べさせて？　私を殺していいから」

「……は？」

「あなたも私の話を聞いて考えなかった？」

「いやいやいや、でも、流石(さすが)に……なあ？」

俺と旭日の状態は上手く嚙(か)み合っているとも言えるかもしれない。

欠けた部分を補い合うように。初めからこうあるべきだと主張するように。

「私は直接血を吸いたいけれど、吸われた者は痛みで気絶してしまう。でも、〝狼男(おおかみおとこ)〟のあなたは痛みを感じないの」

「俺には人を傷つけたい衝動がある。旭日は……傷つけられてもすぐに回復する体を持ってる」

「ね、嚙み合ってたでしょう」

「いや、明らかにフェアじゃねえだろ！　お前は、俺に自分を殺せって言ってんだぞ？」

俺は旭日に血を吸われるだけだ。本来は酷(ひど)い痛みを感じるらしいが、〝狼男〟の俺は別。デメリットらしいものは何もない。この契約で痛みを感じるのは旭日の方だけだ。俺が旭日なら、たまったものじゃないと思う。

「だから、そう言ってるじゃない」

「お前おかしいだろ……」

「そんなの今更でしょう」

「毎回殺意を向けられて、死ぬほどの痛みを感じて……なあ、本気で言ってんのか？」

案外親しみやすいように思えたり、かと思えばぶっ飛んでいたり、結局コイツはなんなのだ。吸血鬼で、普通の女の子で、共感ができて、根本的な価値観は異なっていて、何故か――惹かれる。

「私、きっとあなたの殺意が気持ちいいわ。あなたにお腹を引き裂かれて満たされるの。自分がすごく有利な契約だと思ってる？　違うわよ。私はあなたを利用しているの。だから、自分の利益だけを数えて？」

俺の利益……殺人衝動を解消できること。

そもそも、それは俺の望みなのだろうか。こんなにも、この気質を嫌悪しているのに。でも、あんなにも気持ちよかった。相反する気持ちが渦巻いている。肯定してはいけない気持ちだと理解しているのに、快楽は確実に俺を侵食している。

「もし、殺人衝動を私で解消できれば、普通の生活が送れるわ」

もし、旭日で殺人衝動を解消できるのだとしたら、それに怯える必要はなくなる。

これは、俺の望みだったはずだ。少なくとも、そう思って今まで生きてきた。

旭日のことを思うなら、死ぬほどの苦痛など味わわせたくはない。

「いいでしょう？　他でもない私がいいと言っているんだから」

――いいのか？　あまりにも話がうますぎやしないか？

殺人衝動という欲求を思いのままに解消することができて、殺人衝動に悩まされる心配もしなくてよくなって、そんなことがあるか？　上手い話には裏があるというが、どれだけの裏があっても旭日を責められないほどの利点を提示されている。

裏があるなら、それはそれで……いや、むしろあってくれとさえ思う。

吸血鬼とは、天使の名か、悪魔の名か。

「……お試しでするくらいなら」

ただ、この想いだけは変わらずに……俺は旭日零に惹かれているのだ。

「それでいいわ。では、ルールを決めましょうか」

「ルール？」

「ええ、これは契約。契約内容は詳しく決める必要があるわ」

旭日は俺の瞳を真っすぐ見つめて、人差し指を立てる。

「まずは、そうね。私はあなたを食べたいときに食べる。有町君は私を殺したいときに、いつでも自由に呼び出していいわ」

加えて、二本目の指を立てる。

「あとは、互いにこの秘密を絶対に他言しないこと」

「そりゃ、さすがに頼まれてもしねえ」

「お互いに話す相手もいないものね」

「ほっとけ」

「最後に……そう、契約解除について」

旭日は神妙な面持ちで言って、三本目の指を立てた。

「もし、私と君のどちらかの不調がなくなった時、この契約は破棄される」

なくそうと思ってなくなるものでもないし、こんな項目必要ないと思うけれど……まあ、あって困るものでもない。切りよく三つ設定したかったのかもしれない。

「……きつくなったらいつでも言えよ。嫌になったら止めるし、我慢くらいできるし」

「我慢しないための契約よ。言ったでしょう？　あなたは自分の利益だけ数えていればいい。余計な心配は無用よ」

「……わあったよ」

これで俺と旭日の間に契約が結ばれた。

一つ、両者は求められた時は契約行為になるべく応じること。

一つ、この秘密は絶対に他言しないこと。

一つ、もし、どちらかの異常がなくなった場合、この契約は破棄すること。

ベンチから立ち上がった旭日は、俺の正面に回り込む。

そして、ゆっくりと細くて白い腕を伸ばして、自然に俺の頭を包み込んだ。

「おい、お前何を……っ」

夏の夜を引き伸ばしたようなしんとした香りと、僅かな人の温かさと、この少し駆け足の鼓動は俺のモノか、旭日のモノか。

「怖がらないで。私はあなたの中の〝狼男〟を否定しない」

俺の空の心に響かせるように、囁く。

何もかも委ねてしまいたくなるような、そんな妖しさを以て声を弾く。

「私には、〝狼男〟のあなたが必要よ」

もし、〝狼男〟がなくなったら、俺は誰かを必要としてもいいのだろうか。

もし、〝狼男〟がなくなったら、俺は誰かの好意を受け入れることができるだろうか。

もし、〝狼男〟である俺が必要であったならば、俺は果たして――。

「あ、ああ……よろしく、旭日」

とりあえず、そう、これはお試し。きっと悪魔の戯れ。ただの天使の気まぐれに巻き込まれた役名のないC君です、僕は。今は、そのくらいがいいでしょう。

「これからよろしくね、私の食糧くん」

結論。俺はお前を殺す、そして食べられる。

こうして、俺は旭日と契約を結んだ。互いに平穏な日常生活を送るために。

第二章　ふわふわと漂う綿菓子のような罪悪感。

1

夢物語。

嘘（うそ）のような本当。

昨日、俺は旭日（あさひ）零（れい）と契約を交わした。

つまり、君を殺させて？　俺を食べていいから。

あんなことがあった後だから、教室でもつい旭日のことを目で追ってしまう。視線を奪われる。血液とかも多分奪われる。だが、旭日の様子はいつもと全く変わりなく、やはり昨日の出来事は嘘なのかもしれないと思わされた。嘘。嘘が嘘。つまり本当。よく見ると、机の脚に血の痕が残っていた。昨日の拭き残し。後でちゃんと処理をしておこう。

しかし、旭日とは目すら一度も合わない。登校して早々机に突っ伏して眠っている。朝のホームルームも眠っている。一限目も眠っている。二限目も眠っている。俺の一つ前の席で、ゆっくりと背中を上下させて眠りについている。実にいつも通りだ。

三限目。英語の時間でも旭日は同じように眠っていた。

呆(あき)れたようにその背中を見て、シャープペンシルを回していると――ドクン。

熱に浮かされる。

昨夜の記憶がフラッシュバックして、体が熱く滾(たぎ)る。

「………っ」

ヤバい。本当に突然来る。前触れもなく。突如。殺人衝動。来る前にさ、合図とかほしいよね。部屋に入る時ノックしてほしいよね。それと同じだよ。二回？　二回だとトイレと一緒だから、三回とかがいいのではなかろうか。便意を催した時は二回でいいですよ。あークソくだらねえ。クソ、だよ。クソの話。

この場所がいけないのか。

昨日の記憶が、感触が、激情が鮮明に思い起こされる。夜。満月。教室。はだけた制服。血だらけの旭日。綺麗。美しい。肉の感触と血の匂い。

本人は目の前にいる。

手を伸ばせば引き裂ける距離にいるぞ。

「いや、契約があるとはいえ、これくらいなら……ッ」

通学鞄(かばん)の内ポケットから小瓶を取り出した。錠剤、もといラムネが入った小瓶だ。重要なのは中身ではない。この行為に意味がある。震える手で蓋を開けた。

すると。

「あ、さひ……っ」

いつの間にか立ち上がっていた旭日零が、俺を見下ろしていた。

ジッと。何を考えているのか全くわからない。

そして、よく見れば、教室中の視線が俺に集中していた。

俺か。旭日か。

どちらにせよ、不味い状況だ。

錠剤を取り出そうとして、その手首を旭日に摑まれる。

旭日は俺を立ち上がらせた。

「お前、何を……っ」

「有町君が気持ち悪いので保健室に連れて行きます」

俺をジッと見つめたまま、そう言った。

体調が悪そうなので、だろ。せめて、気持ちが悪そうなので、だろ。俺が気持ち悪いのはいいとして、それを理由に保健室に収容しようとするのはどういう了見か。

だが、旭日の行動の珍しさ故か、英語教師は「お、おう。わかった」とだけ言った。

旭日は俺の手を引いて、ズンズンと歩き出す。クラス中の視線が、俺の背に突き刺さる。

いつものような恐怖とか、嫌悪感じゃなくて、好奇の視線。

俺の手首を摑む旭日の手は、想像していたものよりも温かかった。

その手を振り払ってやる余裕はない。ただ、この衝動を抑えるので精一杯だ。本当なら、旭日の手を摑み返して、そのまま握りつぶしてやりたい。旭日の細腕など、きっと簡単に砕けてしまう。昨日が満月だったから、今日も相当に力は強いはずで、だから本当に簡単に。そして、あらぬ方向に曲がった腕を見てエモーショナルを感じるのだ。

クソ、余計なことを考えるな……！

教室のドアを勢いよく開き、廊下に連れ出される。

そのまま早足で進んで、階段の踊り場までやってきたところで、やっと手を離される。廊下から見て死角になる位置。背中に壁の圧迫感。旭日に追い詰められる。所謂（いわゆる）、壁ドンというやつ。違う意味でドキドキする。一連の行動の意味が全くわからなかった。

「どうして、まだ、そんな物に頼っているの」

旭日は錠剤の入った瓶を奪い、投げ捨てた。瓶は小さく音を立てながら、足元を転がった。

「何しやがる」

「忘れたの。昨日の契約」

一つ、両者は求められた時は契約行為になるべく応じること。

俺は今、殺人衝動に侵されている。

「いや、さすがに授業中は……」

「あなたにとって、英語の授業程度が大事なことなの？　それとも他人の目が気になる？　今更、冗談でしょう」

　旭日は嘲るように、一瞬目を伏せた。

「別に、これくらい我慢できる」

「それじゃあ、契約の意味がないと言っているの。互いに余計な我慢をしないための決まり事じゃない」

「それは、そうだが……」

　昨日は状況が特殊だったから、躊躇い(ためら)はなかった。躊躇う余裕がなかった。夜の学校という非日常に酔っていた。月光に照らされる旭日が心底綺麗(きれい)だと思った。ここで終わってもいいと言う覚悟だった。水溜(みずた)まりくらい浅い覚悟。

「俺は旭日に苦しい思いをしてほしくない。殺人なんて許容したくねえんだよ」

「本当は殺したくて、殺したくて仕方がないくせに」

「これは、K―ウイルスのせいで……っ」

「違う。それがあなたなの。言ったでしょう？　怖がらないで」

「いや、旭日を殺して、それが普通だって受け入れたら……」

　果たして、俺はどうなってしまうのか。

それがわからないことが、未知の未来が、変わることが確定している自分が恐ろしい。

「じゃあ、それを当たり前に引き上げましょうか」

旭日は俺のネクタイを摑み、強く下に引いた。首が引っ張られて、思わず膝を崩す。それで、ちょうど旭日と視線が合った。額と額が触れ合いそうな距離。僅かに濡れた、その唇に視線は引きつけられる。

「私に気を遣っているの。だったら、先に食べてあげる」

小さな口をいっぱいに開ける。八重歯が覗き、口の中で唾液が糸を引く。弛緩した柔らかそうな舌と綺麗に揃った白い歯。

「いただきます」

こうして、旭日は俺を喰った。

こうして、俺は旭日を殺した。

確かに痛みを感じているはずなのに、殺されている時の旭日は興奮しているようで、満ち足りているような顔をしていて、僅かに崩れた無表情の下には恍惚とした笑みが湛えられているような気がして、ああ、じゃあ、この一時の衝動に正直になるのも悪くないかなんて思ってしまった。

「はあはあ……っ、どう？　意外と美味しいでしょう」

行為が終わって立ち上がった旭日は、脂汗で前髪を額にくっつけていた。頰は僅かに上気しており、肩で息をしている。腹部から足元にかけて血が伝っていた。あまり制服を汚さないように気を付けたつもりだったが、血は目立たないもののスカートはもうダメかもしれない。旭日の黒タイツの上から脹脛に齧り付いたから、タイツも破けている。

「いいや、やっぱ不味いわ。鉄の味がする」

口の中に手を突っ込み、歯の間に挟まった肉か筋繊維かよくわからないものを引っ張り出した。めちゃくちゃ不味い。旭日の肉を口に含んだせいで、口の中が気持ち悪い。血の味を追い出そうと、努めて唾液を分泌する。手元に錠剤を入れた瓶が落ちていたので、口の中の、唾液で薄めた血をその中に吐き出した。

「満足した？」

折った旭日の脚を見れば、骨は既に元通りになっており、脹脛に関しても、細胞が互いを貪り合うように蠢き、気づけばその体積も増していて、時間が戻るかのように、一瞬で治ってしまった。破れた黒タイツだけが、旭日を害した証拠として残っている。

「そう、だな……」

旭日に喰われ、結局は流されるままに、旭日を殺して、その瞬間はやはり気持ちがいいもので、そこはもう誤魔化しようがなかった。

「でも、今は最悪の気分だよ」

その分の付けを払うように、今の気分は沈鬱だ。

いや、努めてそうあろうとしているのか。そうでもないような気もするし。ずっと嫌悪してきた殺人衝動との向き合い方がわからない。たとえ、旭日から否定されなかったとしても、今まで繰り返し打ち込んできた俺の抵抗が、気持ちいいを阻害するのだ。

「本当に？」

口元を拭い、旭日から視線を逸らすように辺りを見渡す。昨日と比べればかなりマシだが、ワイシャツは首元が血で赤くなってしまった。顔も洗わないと、血ですごいことになっているはずだ。

「本当は気持ちよかったんでしょう？　素直になったらいいのに」

もう捨てるしかないであろうワイシャツを脱いで、床に飛散した血と肉片を拭う。このペースで続けていったら、被服代が大変なことになる。もう少し自重しないとな。

「何に遠慮しているの？　誰に配慮しているの？　家族？　世間？　一般常識？　ねえ、それらは有町君を救ってくれた？」

あー、嫌だ。嫌だイヤだいやだ。そうやって聞こえのいいことを言うんですよ。否定されるのはいいのにさ。それは慣れてるから。正しいから。わかりやすいのに、そうやって、心の柔らかいところに毒を散らすのは止めて欲しい。

「私は、あなたをあなたのまま救ってあげるわ」

わからなく、何もわからなくなるからさ。

「旭日は……っ」

顔を上げると、その場に座り込んだ旭日が破れたタイツを脱いでいた。視線のやり場に困った俺は、手元の小瓶を弄る。

「旭日は、本当に嫌じゃねえのか？　負担じゃねえのか？」

旭日はローファーを履いて、立ち上がる。

「あなたは？　血を吸われているのよ。気持ち悪いと思わないの」

「別に、それで旭日が楽になるってんなら、好きに吸えよ」

「そう」

それだけ確認すると、旭日は背を向けて歩いて行ってしまう。

「ちょ、おい、旭日！」

ピタリと、動きを止める。

「不安なら何度でも言ってあげる。私はあなたをこれっぽっちも恐ろしいとは思わないし、あなたから向けられる殺意は気持ちがいいし、あなたのことが必要だから、私から契約を持ち掛けたのよ」

ずっと昔から、俺の中にあった殺人衝動を持つ自分への嫌悪感が甘やかな毒に薄められる。善悪の、善し悪し（よしあし）の判断基準の置き場がわからなくなってくる。

確固たる己が揺らぐ。

いや、元から俺の中に確固たるものなど存在しなかったのだと、突き付けられる。

どくん、どくん。

殺人衝動が収まって冷静になって猶(なお)、心臓の音はうるさい。

「あ、これ、捨てておいて」

踵(きびす)を返して戻ってきたかと思うと、旭日は脱ぎたての血を吸った黒タイツを俺に放った。

「ちょ、お前――」

「私、教室に戻るから」

最後にそれだけ言うと、旭日は背を向けて教室へと行ってしまった。

結局、旭日零は不思議な女の子で、なんと旭日のせいで自分自身の心情でさえ不思議なモノへと変わってしまった。

「そういや、俺は保健室にいることになってんのか」

手には血の付いたワイシャツと黒タイツ。

これは家に持って帰るとして、とりあえず体育着を着るしかなさそうだ。

「……あ、体育着持ってんの旭日だ」

昨日の夜、血だらけの旭日にパクられてそのまま。

仕方ない、適当な理由を付けて保健室で借りよう。

そんで昼休みくらいまでサボることにしよう。

そう決めて、保健室へ向けて歩き出す。

その日、それ以降、旭日との会話はなかった。

2

吐き気がない。気だるさがない。それが、これほど幸せなことだとは思わなかった。体調不良は、殺人衝動を無理やり抑え込んでいることが原因だ。解消されなかった殺意は俺自身の体を蝕む。まるで呪いのよう。そう思うと、ちょっとカッコよくないですか。

一昨日、昨日と続けて、殺人衝動を旭日で解消した。してしまった。

だから、体調はすこぶるいい。

同時に罪悪感も覚えているが、旭日が望んだことだと思うと、それも置き場に困った。

昼休み。

東棟。元文芸部部室の空き教室へ足を踏み入れる。

少し埃っぽいのが逆に落ち着く。ボロボロの遮光カーテンはむしろ愛おしい。椅子や段ボールが積まれているだけで何もない。あっても無くてもいいような一室。それがいい。

ここは、俺だけが知っている心休まる聖域。

そう思っていたのに。

実際、どうかは知らないが、そう思えていたのに。

「おい、鍵掛かってただろ」

さも当たり前のように、いつもの無表情を湛えて、旭日零はそこに居た。俺の定位置である教壇と棚の隙間に体を入れて三角座りをしていた。まるで、俺を待っていたかのように、ジッと扉の方を見ていたから、すぐに目が合う。

「この教室ね、扉を押し上げながら上手くスライドさせると──」

「ああもういい。説明しなくていい」

クソ、何が俺だけが知っている秘密だ。恥ずかしい。

鳴坂ならまだしも、明らかに友達がいなそうな旭日まで知っているとなると、もう、この裏技、学校のパンフレットにでも載っているのではなかろうか。あれか？　人が少ないから、俺はここに居座っているつもりだったが、俺が居るからこの部屋に人が寄り付かないってのが正しかったりするのだろうか。うわ、気づきたくないことに気づいてしまった。

「ご飯を食べようと思って」

「それで、なんでここに来んだよ」

「いつもは、別の場所で食べているわ」

「だから、なんでここに居るのか聞いてんだよ」

「ご飯を食べようと思って」

「テメエ、話通じねえな⁉」

今日の旭日は、なんかこうぽやぽやしている気がする。

昼間だからだろうか？　旭日は夜型で昼間は眠たくて仕方がないと言っていた。契約を結んだ日は、夜、教室にて。昨日も昼間に会ったはずだが……昨日は吸血衝動があったからか？　よくわからないが、今日の旭日はぽやぽやしている。れいぽや。

「おい、シャツのボタンずれてんぞ」

長袖のシャツのボタンが掛け違えられていた。

「そうね……直すわ」

レスポンスも遅い。

旭日は一拍置いてから、一番上のボタンに手をかける。ボタンを外す。白い肌。鎖骨がちらりと覗く。

「目の前でやるバカがいるか。せめて、後ろ向け」

「……私の中身まで見たのに」

「羞恥心ねえの？」

「中身までは親にも見られたことないわ」

そりゃ、そうだ。娘の体開く親が居てたまるか。

今更外側を見られるくらい別に……という理論らしい。それはおかしくないか？　おかしくないのか？　たしかに、希少性で言えば、中身の方が高い。何せ、自分の目ですら見たことがないはずだ。

羞恥心とは、どこに芽生えるのか。

難しい議題だ。しかし、個人的には内臓を見られたところで、恥ずかしいとは思わないし、それが一般的な考えだと思う。では、裸を見られるのが普通であり、そこに羞恥心を感じないのが一般的である場合は、羞恥心は全く覚えないのか。そんな気がする。常に裸で居ることが当たり前の部族とかもいるし。彼らは多分羞恥心とかない。つまり、価値観によっては、内臓を見られる方が恥ずかしいというのも、ありえなくはないのではなかろうか。吸血鬼としての羞恥心。これで本出せますか？

「冗談」

旭日は短くそう言うと、後ろを向いてボタンを直し始めた。

「あ？」

どうやら、俺は揶揄われたらしい。

冗談なら、もっと冗談らしく言ってほしいものだ。無表情で淡々と言われても反応に困る。危うく、謎エッセイを出版するところだったじゃないか。バカらし。

「ご飯を食べようと思って」

旭日はボタンを正しく付け直し、こちらを振り返り。

三度。言った。

テメエの喉には壊れたカセットテープでも内蔵されてんのか。

「飯を持ってるようには見えねえけど」

すると、旭日は無言で人差し指を突き付けてきた。

「あ？」

「ご飯」

遅れてやっと理解する。

「俺かよ!?」

「ご飯を食べようと思って来たと言ったじゃない」

吾輩(わがはい)は餌である。人権はもうない。

一つ、両者は求められた時は契約行為になるべく応じること。

そういう契約だ。

ここは人気もないし、断る理由もない。

シャツのボタンの上二つを外し、首筋を晒(さら)す。挑発するように、旭日を睨(にら)みつけてやると、彼女は僅かに口角を歪めた。立ち上がって、俺の目の前に立つと、両肩を押さえて座るように促してきたので、逆らわずその場にしゃがみ込む。両足を投げ出す。旭日が瞳をギラギラとさせて距離を詰めてくるので、思わず体の後ろに両手を突いた。

「やけに素直ね」

「そういう契約だろ」

「そう。いい心がけね、ショクリョー君」

鼻の先と先が触れ合う距離。

血を吸う時だけ輝きを帯びる瞳とか、長い睫毛とか、何より僅かに濡れた柔らかそうな唇に視線が奪われる。

そんな俺の思考なんて、歯牙にもかけていないように、旭日の興味は俺の中に流れる真っ赤だけ。

「いただきます」

カプリ。

こうして、俺は今日も旭日に喰われた。

血を吸われると、通常気絶するほどの痛みに見舞われるらしいが、〝狼男〟の状態の一つ、無痛がある俺としては何も感じなかった。むしろ、体から悪いものが抜けていくような感覚さえある。

旭日は丁寧に「ごちそうさま」と言って、血の付いた口元をハンカチで拭った。血が目立つだろうに、何故か白のハンカチを使っていた。

旭日は、教壇と棚の隙間に戻って三角座りをした。

俺は旭日の隣、教壇の上に胡坐(あぐら)をかいて座る。

「なあ、飯って血だけ吸えば、賄えるのか？」

「無理よ。普通の人と変わらない食事をするわ。冷静に考えてみて、血の成分だけで体が構成できると思う？　血は必須だけれど、それだけでは生きていけないわ」

「へえ、なるほど」

　血を吸ったからだろうか。旭日は先ほどよりハキハキと喋(しゃべ)る。れいぽやはどこかへ行ってしまった。心なしか顔色も良くなった気がする。血流改善。肌の調子もよく、コミュニケーション能力まで上がり、彼氏彼女までできました！　これを飲んでから人生変わりましたってさ。俺の血を使った栄養ドリンクで新興宗教を立ち上げるとこまで見えますが、どうでしょう。会費？　殺人衝動の解消に付き合ってくれればいいですよ？　冗談ですよ。

「という割には、何も持ってないように見えっけど？」

「小食なの。朝ごはんを食べたから」

「へえ」

　俺はコンビニの袋から、サンドウィッチを取り出した。いつもは一番安い菓子パンで済ませるのだが、体調が良い俺は少し奮発してしまったのだ。

　選ばれたのはミックスサンド。タマゴのものを選んで齧(かじ)り付く。うん、まあ、こんなもんだよなという想像通りの味。普通に美味しくはある。

それを、旭日は横からジッと見てくる。

昼飯はいらないんじゃなかったのか。

「トマトあるぞ、食うか？」

タマゴサンドを口の中に詰め込んだ俺は、キャベツとトマト、スライスチーズの入ったサンドウィッチを旭日に差し出してみた。吸血鬼エサやり体験。いやいや、エサって俺のことじゃないですよ？　嫌だなあ。

「あなたの、そのトマト押しは何」

「吸血鬼だろ」

「吸血鬼はトマトが好きなの」

「そのイメージあるけどなあ。ほら、トマトって血っぽいだろ」

「味が全く違う」

「いや、知らねえけど……」

それから、少しの沈黙。

サンドウィッチを差し出したまま固まる俺。普通に自分で食ってしまおうと思ったところで、はぐ。旭日がそれに齧り付いた。小さな口で、はぐ、もぐもぐ、とリスみたいだ。

そして、もう一度、繰り返す。さらにもう一度、繰り返す。

サンドウィッチの三分の一を食べたところで満足したのか、顔を離した。

旭日の食べかけのサンドウィッチを見る。食べかけ。旭日の歯形。三分の一が食われた。

あー、なんだろう。この気持ち。シンパシー？　旭日に食われた同士、俺は今、サンドウィッチにシンパシーを抱いている。

旭日を見ると、満足そうに口を拭っていた。

「トマト好きになったかもしれないわ」

意味がわからなかった。

いや、本当にコイツの思考回路はイマイチ理解できない。

「お礼に、これをあげるわ」

旭日はポケットから、小瓶を取り出し、渡してきた。中には錠剤が詰まっている。

「誤魔化しに飲むならこれにしなさい」

「んだよ、これ。飲んでも死なねえよな」

「死ぬわ」

「あ？」

「あなたが死んだら、血が飲み放題だと思って」

「…………」

表情一つ変えずに言われても反応に困るんだけど。ていうか、俺を生かして半永久的に血を吸い続けた方が絶対に効率がいい。死体を片付けるのは大変らしいし、旭日の未来を考えてもその方がいい。よし、その線で説得しよう。そうしよう。

「吸血鬼ジョーク」

「わかりづれえわ、お前の冗談」

「鉄分サプリよ」

「……なるほど」

これで、失った分の血を補えということらしい。嬉しいような、そうでもないような、何だか複雑な気分になった。

鉄分サプリが入った小瓶を眺めていると、旭日は、もう一つ別の小瓶を取り出し、渡してきた。

「これも」

「今度はなんだ」

「血液がきれいになるサプリよ」

「飼育されてる気分だな⁉」

コイツ、俺を美味しくしようとしてやがる。少しでも質のいい血液を吸おうとしてやがる。育てようとしてやがる。豚とかも餌で味が随分変わるって言うもんな！

「健康に気遣ってあげているだけだわ」

「いや、鉄分と、血液サラサラは絶対目的ちげえだろ！」

「今のあなたの血に不満があるわけではないの。とても美味しいわ。自信を持って」

「そこはなんも気にしてねえよ！」

旭日から受け取った二つの小瓶を見つめる。

はあ……まあ、別に悪いものではないしな。むしろ、旭日の言う通り健康にいいものではある。ラムネを食べるくらいなら、こっちの方がいいだろう。飼育されてやりますよ。

「………受け取っておくよ」

「よし」

旭日は小声で言った。

聞こえてんぞ。全く、何とも摑(つか)みどころのないヤツだ。

3

それからも、旭日との契約は続いていった。

旭日は腹が減れば、俺の血を吸って、俺もまた、殺人衝動に悩まされれば旭日を使った。

この頃には、めっきり罪悪感の置き場がわからなくなっていた。感じなくなったというより、旭日は苦しそうにするどころか、何故か気持ちよさそうでさえあるし、この罪悪感がどこに対するモノかわからなくて、苦しさはあれど、なんか、こう、ふわふわしている。

旭日を傷つけたくない……それが独りよがりな欲望にも思えるのだ。

　昼休みに東棟の空き教室へ行くと、旭日がいることがあった。旭日が空き教室に来るときは血が欲しい時だ。人気の少ないこの教室は、食われるのにも、殺すのにもちょうどいい場所だった。

　昼休みには、定期的に鳴坂もやってきた。こちらは相変わらず騒がしい。旭日と違って、俺から何か喋ろうとしなくていいので、そういう意味では楽だ。今のところ、二人が同時に空き教室を訪れることはなかったが、顔を合わせれば面倒なことになる気がしている。

　旭日と契約を結んだ夜から、十日が経った。

　殺人衝動を旭日で解消するようになってから、体調はすこぶるよかった。体調、快調、絶好調。吐き気や倦怠感を覚える頻度は随分少なくなったし、そのおかげで頭がクリアになった。心都にも「なんだか、お兄最近目つきの悪さが減った気がする。ほんと、少しだけ」と言われた。何故か、少し残念そうだった。

「れいぽや」

「……は？」

「眠そうだなって思って」

　今日も東棟の空き教室に行くと、定位置に旭日が居た。すっかり俺の王座は奪われてしまった。今日の旭日はぽやぽやしている日だった。思わず口に出してしまい、それを慌てて誤魔化す。

「血を飲んでないと眠いのか？」

「……それもある」

「昨日寝てないとか？」

「……それもある」

レスポンスが一拍遅い。定期的に、こういう日がある。

ゆっくりと顔を上げた旭日が、俺を見て「でも」と言葉を続ける。

「ショクリョー君を食べるようになってから、体調がよくなったわ」

「そりゃ、よかったよ」

「今までは、慢性的な、頭痛が、あったけど……最近は、ない、もの」

ぶつ切りの言葉。それにしては、眠そうだ。俺から血を吸っているから、吸血鬼としての本能はむしろ目覚めていて、夜型に拍車がかかっている、とか？　でも、普通に元気そうな日もある。まだ、イマイチ違いがわからない。

あの夜の教室で出会った妖しく、危うく、美しい旭日が顔を出すのは本当にたまにだ。

「今日は喰わなくていいのか？」

「食べられたいの」

「別に」

「じゃあ、いい」

それから、旭日は「お手洗い」とだけ言って教室を出る。

しばらくして戻ってきた旭日からは、ぽやが少し抜けていた。

トイレへ行っている内に、教壇と棚の間、定位置に座っている俺を見て、旭日は一瞬ムッと表情を歪めたが、観念したのか、隣の教壇に三角座りをした。

「どう？　契約には慣れた？」

「どうだろうな……ありがたいとは思ってるよ」

「まだ、くだらないことを考えているの？」

「自分の中で折り合いは付けた……つもりだ。誰彼構わず殺してしまうなら最悪だが、旭日だけなら、旭日がいいと言ってくれるうちなら、これでいいのかもしれない」

とりあえずは、そう思い込んでみることにした。

「そう。とりあえず、今はそれでいいわ。じゃあ、次ね。普通の生活してみる？」

「急に話が飛んだな」

旭日と契約を結んだ日の夜。公園での話だ。

たしかに、俺はそんなことを言った。旭日の共感は得られなかったけれど。

「飛んでない。友達でも作ってみる？」

「は？」

「まずは、話しかけるところからね」

「いや、何話進めてんだ、お前」

「殺人衝動が解消できたら普通の生活がしたかったんでしょう？　友達が欲しかったんでしょう？　殺人衝動に怯えなくていい今なら、それができるわよ」

確かに、俺は普通の生活がしたいと言った。友達が欲しいとも言ったかもしれない。それが嘘だとは言わない。言わないが……当時の俺にとっては手が届く範囲の望みではなかったから、どうとでも言うことができて、リアルな想像などあろうはずがなかった。

こう、上手くは言えないが、ムズムズするのだ。

「あなたが口にしたことよ」

「それは、そうだな」

「それとも、話しかけるのが怖いとか？」

「はあ？　なんで俺が怖がるんだよ」

むしろ、俺はこの高校で一番怖がられている存在だと言っても過言ではない。

怖がられるならまだしも、どうして俺が怖がると言うのか。

誰が怖いもんか。

「別に友達の一人や二人くらい作ろうとすればすぐだろ」

「そう。楽しみね」

そう言うと、旭日は挑発するように、くすりと無表情を崩した。

売り言葉に買い言葉。

辞書の例文に載ることができそうな程の華麗さである。

その後、旭日はしめしめと言わんばかりに、話を進めていった。用意してきた台本を読むかのように、すらすらと。今日中にクラスメイトに話しかけること。ただし、私がいる時に。結果はどちらでもいいわ。話しかけるだけ。簡単でしょう？　ええ、簡単ですよ。簡単ですとも。

ただ、俺が普通の生活をしたいことの前提条件として、殺人衝動の解決がある。もし、友達ができたとして、旭日との契約行為が破綻したら、その友達と一緒にいられようはずがない。契約は保証になりえない。だから……なんて、言った後の旭日の反応は、そりゃもう鮮明に想像できたから、心の中だけに留めた。

おそらくバカにされる。

確実に、煽られる。

徹底的に、正論で叩きのめされる。

そもそも、この言い訳を言い負かす正論があると自覚している時点で勝敗は決まっている。

とどのつまり、俺は友達の作り方など知らないのだ。

旭日には、ご丁寧に、話しかける対象まで決められた。俺が名前を憶えていないことを見越して、隣の席のヤツだとか言い始めた。完全に逃げ道を塞いできていませんか？　めちゃくちゃ饒舌だったんですよ。おもしろい見世物が始まるぞ、と言わんばかりの期待のしようでした。本当です。

それだけ俺に言いつけると、旭日は空き教室を出て行った。

昼休みはまだ残っているが、俺もしばらくして、空き教室を後にする。

するとミルクベージュの髪をふわりふわと揺らして、鳴坂がやってきた。この学校で数少ない、個体名を認識している人間。俺を見つけると、ぱあっと表情を華やかせて、ぶんぶんと右手を振る。それにつられて、首元のリボンがご機嫌に揺れた。

「センパイお久しぶりです！　鰤はお刺身が好きです！　鱈はムニエルが好きです！」

コイツ、毎回会うたびに要らん情報ぶち込んでくるな。

「言うほど、久しぶりか？」

定期的に例の空き教室で会っていたはずだ。直近で言うと三日前。

「はい！　久しぶりです！」

「そか」

「センパイ相変わらず目つき悪いですねー！」

そう言って、失礼な後輩はからからと笑う。

「どした、なんか用か？」

「ええー、廊下で偶然会ってなんか用か？　って自意識過剰過ぎません？　それとも、鈴凪ちゃんに会いたかったとか⁉」

「あ？　偶然で、東棟の四階なんて来ないだろ」

「うわ、つまんない反応」

「何が正解だったんだ？」

「はあ？　べ、別にお前に会いたいとか、そんなんじゃねえからー！」

「……鳴坂、少女漫画とか好きなのか？」

「いえ、別に。そのツッコミは少女漫画好きに怒られそうですね」

「……鳴坂、おかしいのか？」

「いえ！　別に！　それは私に怒られますよ！」

少女漫画好きと鳴坂鈴凪だったら、勢力的には前者の方が大きいからね。怒られるなら、鳴坂鈴凪。迷いはありません。

「で、用事は？」

「いえ、別に。時間が空いたので、目つきの悪いぼっちセンパイの顔でも拝もうかと思いまして。暇潰しです」

「うなぎを使った郷土料理の……」

「それは、ひつまぶしです。ちなみに、センパイは穀潰しです」

「ツッコミに加えて、一手打ってきやがった」

「センパイが、そんな冗談言うの珍しいですね。何かいいことでもありました？」

「あー、まあ、どうだろな」

まだ、良いことか悪いことかの判断は付かないが、生活に変化はあった。

「あ、センパイ、今から教室戻るところですよね。だったら、ひつまぶしできそうにないので、今日は退散します！」

元気よく敬礼。鳴坂は、てってってー、と小走りで行ってしまった。

と思ったら、階段の手前でUターン。俺の下まで戻ってくる。

「一つ言い忘れてました！　色々考えたんですけど、やっぱりKーウイルスって精神的なものが大きな原因だと思うんです！　だから、なくしましょう！　私、協力しますからね！」

むん、と顔を近づけて来て、早口で捲し立てる。

いきなり何を言ってるのだ、と気圧される俺。俺が何か言葉を返す前に、「では！」なんて言って、鳴坂は再びてってってーと行ってしまった。

「台風みてえなヤツだな……」

それから、俺はゆっくり歩いて自分の教室へ戻る。

目の前の席では、旭日が机に突っ伏して眠っていた。俺が席に着くと、腕の隙間からこちらを見て来た。釘を刺すように。わかってるよな？　という念押し。

やるよ、やりますよ。そもそも、俺が望んだことだ。なぜ、旭日がこうも乗り気なのかは全くわからないが、いいきっかけだと思えばいいはずで。

隣の席を見るが、まだ誰もいない。

五限、六限を適当にこなし、ついに放課後。

やはり、旭日は逃げるなよ、とでも言いたげな視線をこちらに向けてくる。

隣の席のヤツに話しかける。たったそれだけのミッション。殺人衝動は大丈夫。体調もいい。吐き気も、倦怠感もなし。ちょっと胃は痛いかもしれない。

ホームルームが終わり、ヤツは帰り支度をしていた。テニスラケットを持っているから、これから部活にでも向かうのだろう。短く整えられた茶色がかった髪。細身ながら筋肉質で、健康的に焼けた肌。ザ・スポーツマンといった風体だ。思えば、初めてまじまじと顔を見た気がする。

それでコイツの名前は、たしか……。

「おい、遠藤」

遠藤はこちらを振り返ることなく、帰り支度を進めている。

「おい」

思ったよりも低い声が出てしまった。遠藤（仮称）はびくっと体を震わせて、ゆっくりと首を回し、俺を見る。錆(さ)びたロボットのような動きだった。

「えっと、俺のこと？」

「お前以外いないだろ」

一つ前の席に旭日が突っ伏しているが、斜めにも後ろにも人はいない。

「俺、遠藤じゃないんだけど……」

そう言えば、遠藤とは五十音順の席から俺が勝手に推測した名前で、勝手に脳内でそう呼んでいただけで、本人に確認などとってはいなかった。俺の中で、コイツは完全に遠藤だった。

「間違えた」

「誰と⁉　このクラスに遠藤なんていないけど⁉」

「え、だと思ったんだ」

「どういうこと⁉　俺は加瀬(かせ)だよ」

「か、そっか……」

完全に初手を間違えた。

もう止めていいか？　と旭日に勘弁してくれの視線を送ると、背中をぷるぷると震わせて、笑いを堪えていた。

あーもうふざけんなよ。ほんっとふざけんなよ！　ふざけてるのは俺ですか？　そういう話じゃねえんだわ。クソ、こういう緊張感は本当に嫌いだ。

「えっと、何の用？　ちなみに、金なら持ってないけど」

「んだよ、急に。お前の金銭事情なんて知らねえよ」

「容赦ないね⁉」

「はあ？」

「こ、これで勘弁してくれないかな……！」

加瀬は財布から一枚の紙を取り出し、悔しそうに差し出してきた。苦渋の決断といった様子だ。手に取って確認すると、それは商店街にある定食屋の割引券だった。

なるほど……。

「カツアゲじゃねえわ！」

「え、違うの⁉」

「カツアゲだとしたら、その割引券じゃ納得しねえしな？」

割引券を加瀬に押し付けた。

俺って、声かけただけでカツアゲと間違われるほど評判悪いの？　そう考えると、鳴坂のヤツ実はすごい度胸の持ち主なのではなかろうか。

「返してくれるの……有町いいヤツだな」

「それでいいヤツはおかしいだろ。てか、ふつーにいらねえんだよ」

「ええ⁉　二十パーセントオフはデカくない⁉」

「たしかに、それはデカいな」

一人暮らしの俺からしたら、特に。けど、そこまで渋るほどの価値はないと思う。コイツ、家族でも差し出すんかってレベルの表情だったぞ。

「有町……お前さては、そこまで怖くないな」

「知らねえわ。私は恐ろしい人間です、なんて一度も主張した覚えはねえ」

「俺も主張された覚えないな……」

加瀬は、口元に手を当てて何やら考え込むポーズを取る。

変わったヤツだ。変なヤツだ。異常なヤツだ。カツアゲ犯扱いされたのはあれだったが、想像していた反応と随分違う。本当に変わったヤツだ。

「って、ヤベ。早く部活行かねえと！」

そう言うと、「悪いな！　また！」と言って教室を出て行ってしまった。

教室に残っているのは、俺と旭日を除けば、女子の三人組と男子二人組のグループのみ。

普段なら、俺もさっさと帰宅するところだが、少し落ち着きたくて、一旦席に着く。何よりり、旭日に文句を言ってやりたかった。

旭日は、窓に背を向ける形で座り直すと、背もたれに腕を載せてこちらを見てくる。いつもの無表情だったが、その面の皮一枚を剝がした下には、意地の悪いにやけ面が潜んでいることが容易に想像できた。

「緊張した？」

「してないが？」

「あなた、本当にコミュニケーション能力が皆無なのね」

わざとらしく、驚いたような抑揚を付けてくるのが心の底から腹立たしい。

「あなた、挙動不審だったわ」

さっきの俺を思い出してか、くすりと笑う旭日のいい面を殴りたい衝動に駆られる。

「隣の人、いい人でよかったわね」

「うぜえ……」

話しかけるにしても、せめて旭日の目の前でするべきではなかった。絶対に余計な意地を張った。本当にぶん殴ってやろうか、コイツ。今更殴られたところで何とも思わないわ。それとも、殺人衝動の解消をしたいの？　それなら付き合ってあげるわ、そういう契約だもの。そうですか。そうでしょうね。お腹裂かれる方が重傷だからね。とか、物騒な冗談が思い浮かんでしまう自分が嫌いだわ。感情大渋滞か。

「てか、コミュ力に関してはお前も同じようなもんだろ」

「私、友達が欲しいなんて思ったことないわ」

「じゃあ、吸血鬼さんは何が欲しいんですかね？」

生き血ですか？　生贄ですか？

「そうね。私は……有町君、君が欲しいわ」

その煽るような表情に、息が詰まる。

ほんの少しの苛立ちと、挑発的な思いで波立った心を凍てつかせるような一言。

「……っ」

それはあれですか？　食糧としてとても価値があるよねって話でしょうか。

心の裏の裏の俺の知らないようなところまでを見透かすような水晶の瞳。ジッと、ジーッと。でも、逸らしたら負けだと思って、硬直したままでいる。

「冗談よ。あなた、意外と可愛いところ、あるのね」

口元に手を当ててくすり、と表情を崩した。

クソ、ああもう、クソっ！

でも、ここで何かを言えば墓穴を掘ることは確定しているので、俺はただただ、不機嫌そうに視線を逸らす。負け犬の所業。狼男とは、意地を張った負け犬の名かもしれない。

「コミュ力だっけ。試してみましょうか」

圧倒的に無駄な思考を回していると、旭日はすっと立ち上がる。

そのまま教室に残った三人組の女子グループの下へ歩いて行った。

「少しいい？」

「えっと、旭日さん？　どうしたの？」

「今日、数学の課題が出たでしょう。私、聞いてなくて。範囲を教えてくれないかしら」

「あ、それはね。ここ、チャートの百二十三ページ。明日の三限までにやれば大丈夫だと思うよ」

女子生徒Aが数学の問題集を取り出し、旭日に説明する。

「そう。ありがとう」

「旭日って、課題とかやらないと思ってたわ。授業中いつも寝てっし」

「やらなくてもいいけれど、最近先生がうるさいの」

「でも、それで学年一位ってすごいよね～」

「一位⁉　マジ⁉　旭日ってそんな頭よかったの⁉　じゃあ、この問題わかる⁉」

女子生徒Bが感心していると、女子生徒Cが食い気味に旭日に迫る。問題集を取り出し、旭日に教えを乞い始める。旭日も、それを快く承諾。

「すっげええ。めっちゃわかりやすかった！」

「うん、さすが学年一位だね。今度、私も教えて貰(もら)っていいかな」

「気が向いたら」

会話が終わると、戻ってきて再び席に着く。

どう？　とでも言いたげな挑戦的な瞳が腹立たしい。

耳をそばだてると、女子グループのきゃっきゃした会話が聞こえてきた。

「わ、私旭日さんに話しかけられちゃった！」

「やっぱり、綺麗だね～。同じ人間とは思えないかも～」

「吸血鬼って、あれマジなんかな。でも、旭日になら血を吸われてもいいかも」

本当か？　痛みで気絶するらしいぞ。その覚悟はありますか？　ていうか、俺だったら絶対にそんな反応にならない。これはコミュ力の問題ではない気がする。いや、俺のコミュ力が終わってることは認めるけれど、事前情報の差があり過ぎる。俺は犬を殺したやべーヤツ。でも、旭日はクールな高嶺の花。

「ずりぃ……旭日は顔が良すぎるのがズルい」

「関係ないと思う」

「いいや、ぜってえあるね」

「顔で言えば、あなただって整っているじゃない」

「……は？」

「でも、表情が終わってる。不愛想。常に不機嫌そう。目つきなんて殺人鬼のそれよ」

ええ、殺人鬼ですからね。そうでしょう？　被害者の旭日さん。

「……旭日は、作ろうと思えば友達なんていつでも作れたよな」

Ｋ―ウイルスの影響で血を吸いたくなることはあるのかもしれないが、殺人衝動よりはいくらかマシだ。友達と一緒に居るのがまずいってほどじゃないだろうに。

「だから言ったじゃない。私は友達なんて欲しいと思ったことないわ」

俺は普通の生活がしたかった。殺人衝動に悩まされず、数人の友達が居て、体調不良もなくて、もし、痛みを感じられたなら、この世界の一員になれるような気もしていた。

こんなことさえ夢物語だったけれど、手が届く範囲に来ているとしたら。

望みのほんの輪郭が見えたことが、俺にはあまりにもあり得ないことだったから、靄（もや）のかかっていたソレを直視した瞬間、酷く困惑したのだ。

欲しい、欲しいと、言いながら、俺はその先を想像などしていなかったのだ。

友達が欲しいという想（おも）いは、別に渇望ではなかったのかもしれない。

この望みの本質はもっと別のところにあるのかもしれない。かもしれない程度。

リアルに想像できた、その光景はあまりにも……ああ、いや、欲しいとは思ってるはずなんだけどな。ふらふらと困惑する。あの夜旭日に出会ってから、俺の心は惑うばかりだ。

「望んだものは手に入りそう？」

漆のような黒髪を垂らして顔を覗（のぞ）き込んでくる旭日に、心臓がとくりと跳ねる。

俺は、結局その答えを口にすることはできなかった。

4

「偶然ですね、センパイ！　奇遇ですね、センパイ！　私最近ジグソーパズルにハマってるんですよね、センパイ！」

学校指定の通学鞄を背負った鳴坂が、萌え袖をパタパタと動かして寄ってくる。

コイツは、毎回要らん情報差し込まないと死ぬ病気か何かなのだろうか。

「偶然なわけあるか」

「え……もしかして、運命」

鳴坂は両手を口元まで持っていき、わざとらしい上目遣いをする。キラキラ。エフェクト発動。完璧な表情。完璧な角度。芸術点が高い。

「校門前で会って運命もクソもあるか。待ち構えてただろ」

ご丁寧に柱の陰に隠れて。

こちらを窺って。

これを運命だと言い張るのなら、お前の思考はストーカーと同じだ。

「……えへ☆」

「鳴坂。俺はな、愛嬌と可愛さがあれば何でも許されると思ってるバカな女が嫌いだ」

「辛辣！」

「じゃあな、バカ女」

「ちょいと待ってください。私は自分のキャラを把握し、演出し、計算した上で最適な立ち回りをしているのです。試行錯誤しているのです。努力しているのです。果たして、それはバカだと言えるでしょうか！」

「たしかに……悪かった、お前は賢い」

「わかればいいんです」

「じゃあな、賢い後輩」

「では、行きましょうか。センパイ」

後ろ手で右手を振ると、その手を鳴坂に摑まれた。

振り返ると、にこーっと完璧な笑顔。

「……じゃあな？」

「そうですか！　センパイも楽しみですか！　でも、ダメですよ！　今からするのは、センパイの〝狼男〟をなくすための作戦会議！　あくまで、真面目な会なんですから！」

「耳鼻科デートとは、マニアックですね……」

「耳鼻科連れて行こうか？」

「いや、意味わかんねえから。てか、いつも言ってるよな？　負い目とか感じなくていいから、俺と関わるなって」

「もう、その問答飽きました」

「テメエ、マジで死ぬぞ」

「んー、いいですよぉ」

「は？」

想定と違った返答に、思わず間抜けな声が漏れてしまう。

歩き始めた鳴坂は、自転車を押して進む俺を追い越す。大きく手を振って、鼻歌なんか歌っちゃって。こんなにも邪険にされているのに。こんなにも異常な先輩と話をして何がご機嫌なのか。

「七飛橋に、優しそうなおじいちゃんがやってる静かなカフェがあるんですよぉ。そういうところ、憧れません？」

振り返った鳴坂は、にこーとわかりやすい作り物の笑みを浮かべていた。

鳴坂鈴凪は非常に危なっかしい。好奇心か。承認欲求か。これが、打算ナシの善意だというのなら救いようがないが、思春期特有の勘違いだというのなら、それはそれで救いようがない。将来、絶対に悪い男に騙（だま）される。現在進行形で騙されている。悪い狼に。狼には騙す気なんてさらさらないのに、騙されている。コイツはやはりバカ女だ。

で。

俺は結局、歩きの鳴坂と並んで自転車を押す。

下校時間の真っ盛り。当たり前に、うちの学校の生徒は存在していて、歩いていて、どうしても、その目を気にしてしまう。俺と一緒にいる鳴坂はどう見えているだろうか。悪い先輩に目を付けられた美少女一年生とかで正しいですよ。そうですよ。

だが、当の鳴坂は、周りの目など気にする様子もなく、軽快に俺の少し前を歩く。

鳴坂はよく喋る。古着が趣味だとか。真っ白のジグソーパズルをやっただとか。友達にバカにされた話とか。友達、いたんだな。別に特別喋りが上手いわけではないけれど、飽きることがないのは、鳴坂の表情がコロコロと変わるからだろう。

そうして、十数分歩いていると、七飛橋商店街が見えてきた。二人並んで歩くのがギリギリくらいの狭い通りを進み、しばらくして、目当ての喫茶店に到着した。

路地の邪魔にならなそうな所に自転車を止め、鳴坂と店に入る。

『珈琲浪漫』――二人掛けの席が四つと、カウンター席が幾つかあるくらいの狭い喫茶店だ。客は二人組のおばあちゃんズのみ。柔和な笑みを湛えた優しそうなおじいちゃん店主。

店内は小綺麗で、大正浪漫とでも言うのだろうか。どこかレトロな雰囲気で、存在しないはずのノスタルジーを刺激される。

「どうですか！　それっぽい、イイ感じの喫茶店だと思いません⁉　店内ガラガラなのもポイント高いですよね」

「クソ失礼だな、お前」

テンション高めの鳴坂が、耳元で囁いてきた。

店主に案内され、一番奥の席へ座る。メニュー表を開き、ぎょっとした。コーヒー一杯がラーメン一杯と同じ値段しやがる。しかし、鳴坂に驚いた様子はない。

「アイスコーヒーで」

「私はアイスカフェラテでお願いします」

注文を取りに来た店主は無言で頷（うなず）くと、カウンターの内側へ戻って行った。しばらくすると、アンティークっぽいグラスに注がれて、アイスコーヒーとアイスカフェラテが到着。

軽く会釈をして受け取り、一口。うん、コーヒーだ。それ以上でも以下でもない。コンビニのアイスコーヒーと味が違うのはわかるが、まあ、コーヒーだ。

正面の鳴坂を見やると、カフェラテを口に含んで満足そうにしていた。

「ん？　一口欲しいですか？」

「いらねえ」

「わかりました！　はい、どうぞ！」

「お前、基本、人の話聞かないよな」

「私は、センパイの心の声に耳を澄ませているのです！　ということで、どうぞ」

鳴坂はアイスカフェラテを差し出してくる。

「わかったよ」

ため息を吐いて受け取り、一口。うん、カフェラテだ。それ以上でも以下でもない。日常的にカフェラテを飲むことがないのだが、まあ、カフェラテだ。

「カフェラテだな」

「はい！　カフェラテです！」

俺のクソみてえなコメントに、笑顔で相槌を打つ。何故か満足げだ。意味がわからない。

視線で、アイスコーヒー飲むか？　と訴えかけると、「私、ブラックは飲めません！」と言って、口元に小さくバツを作った。

「で、本題です。K―ウイルスの話をしましょう」

「無駄だと思うぞ」

「それはやってみないとわかりません。まず、K―ウイルスは精神的なものに起因して発現するものと仮定して考えてみましょう。〝狼男〟になるに至った原因がある場合、それを取り除く、もしくは解決するのが一番わかりやすい方法です」

そうだ、鳴坂は人の話を聞かないヤツだと先ほど確認したばかりじゃないか。俺の心の声、捏造してませんか。違いますか？　聞こえてますか、鳴坂さん。

まあ、でも、ここまで来て会話を拒否するのもおかしな話だ。K―ウイルスをどうにかしたいという想い自体に相違はないのだから。

「何か過去にトラウマになるような出来事はありましたか？」

「俺が〝狼男〟になったのは、小学四年生に上がってすぐの頃だ。それ以前となると、思い当たることはねえな」

「突然、発現したんですか？　なんの前触れもなく？」

「ああ、そうだな」

Ｋ―ウイルスは、小学生だった俺の身に降りかかった。最初の頃なんて、それはもう抑えるのが大変で、気持ち悪くて、気だるくて仕方がなくて、その辺の物に当たり散らしていた。さすがに、当たる物は選んだけれど。よく傷害事件を起こさなかったなと思う。

「殺人衝動のような欲求は、以前からありましたか？」

「さすがに覚えてねえよ。アリの巣を掘り返すくらいのことはしてたような気がするが、子供なんて好奇心でそれくらいするし、異常ってほどじゃねえよな」

「え、します？」

「そんな珍しくはねえだろ。男女の違いはあるかもしれねえけど」

「なるほど。今までに殺人衝動が全くでなくなった時期とか、痛みを感じた出来事とかはありますか？」

「無痛に関してはずっとだな。殺人衝動の頻度はまちまちだが……最長でも四日間。それ以上はない」

殺人衝動に関して言えば、基本的に月の見える面積が大きければ大きいほど、頻度も高くなる。新月の時に湧き出てくることはほとんどなかったような気がする。

「四日間不調が出ないのは珍しいんですか？」

「滅多にないな。年に三回くらいだ」

多分、平均したら二日に一回の頻度くらい。

「ああ、そうだ。この前さ、殺人衝動は性欲に似てるかもって話があっただろ。あれは、案外バカにできないかもしれないな」

「ほほう。つまり欲望を発散することのできないセンパイはすごく溜まっていて、それで体調が悪くなるということですね」

「めちゃくちゃ嫌な言い方だな」

鳴坂は、今までで一番いいニヤケ面で見てきた。

それが、最近はあまり溜まってないんだ、なんて言えない。いや、言うべきだろうか。もし、言ってしまえば鳴坂は俺を軽蔑するだろうか。されてしまうだろうか。

俺は短く舌打ちをして、アイスコーヒーに口を付ける。

「でも、やっぱり人を傷つける以外の方法で、代替できる何かを見つけるのが一番かもしれませんね」

「前にも似たような話したけど、色々試したぞ」

「人形とか？」

「あるな」

「お手軽なのは、段ボール！」

「それもあるな」

「後は、カチコチに凍ったアズキバー！」

「あるな」

「あるんだ⁉」

あるよ。考え付くほとんどの物で試した。

壊すだけじゃない。何かを食べることで代替できないだろうか、とか。衝動を抑えられる香りがないだろうか、とか。自分を傷つけることで解消できないだろうか、とか。

鳴坂は、そうは思わないかもしれないが、俺だって〝狼男〟をなくすか、上手く共生するために、様々な施策を試みたのだ。何一つ、意味はなかったけれど。

「となると、もっと画期的なアイデアが必要ですかね……」

鳴坂は左手を添え、アイスカフェラテを流し込む。どこかシックなBGMと、古い洋書を開いたような香りと、目の前の白いカーディガンを纏った女子高生と、放課後。

たとえ、俺がK―ウイルスを持っていなかったとしても、これは出来すぎた日常だ。半端な拒絶をしておいて、鳴坂なんて友達のようなものじゃないか。

「鳴坂は……や、ヤンバルクイナ好きそうだよな」

優しいよな、そう言いそうになって、慌てて誤魔化す。

雰囲気に呑まれて、俺は何を口走ろうとしているのか。これ以上、鳴坂と距離など詰められないというのに。好感度なんて下げなくてはならないのに。

「急になんですか⁉　センパイの中の私のイメージ不安なんですけど⁉」

鳴坂は、思案顔で「え、私はどこで何を間違えたんだろ……」と呟いていた。

「センパイ、たまに真顔でおかしなこと言いますよね」

「そうか？」

「あ、自覚ないんですね。割とそんな感じですよ。不思議な雰囲気……というより、センパイの場合は変なんですよね。とっても変」

首を捻りながら、思いっきりディスってきやがるな、コイツ。

不思議、変、異常……恐ろしく、近寄りがたい。そこまでいって、初めて正しい。

「あ！　そういえば、ちょうど一年前くらいですね。センパイが、見ず知らずの私を助けてくれたのは！」

「……憂さ晴らしに犬を殺したのは、の間違いだろ」

「いいえ、センパイは確かに私を助けてくれましたよ」

ああ、そうだ。去年の六月の終わり頃の出来事だった。

有町要は犬を殺したやべーヤツ。

その噂の真偽について。こういうのはさ、実は誤解で、事実が歪曲して伝わって、なんてのが定番なのだろうけど、残念ながら犬を殺したのは紛れもない事実である。仕方ない事情なんてない。殺さなければいけなかった理由なんてなかった。殺したい理由はあったけれど。理由？　いや、度し難い欲望だろ。

当時、中学三年生だった鳴坂が、犬に襲われた。抱き上げるのは厳しいくらいの重量の凶暴な犬だった。そこそこの金持ちの飼い犬で、リードを引きずったその犬は、鳴坂に襲い掛かり、鞄をズタボロにして、ついに鳴坂自身に牙を剝いた。

偶然そこに居合わせた俺が鳴坂を助けた、と言えば美談に聞こえるかもしれないが、俺は命を奪っても人よりは問題がなさそうな、そこそこの大きさの、いい具合に臓器の詰まった生物に高揚感を覚えていたことを否定できない。

俺は犬に左腕を差し出し、もちろん痛みなんて感じないから、怯むこともなく、殺人衝動に身を任せて、グチャグチャに潰した。未熟な自制心で、おあつらえ向きのシチュエーションで、わざわざ犬なんて選んでるところが、最高に気持ちが悪いと思う。

そもそも、犬は本当に鳴坂を嚙もうとしていたのだろうか。本当はただじゃれていただけで、俺が都合のいい解釈をして、むしろ俺が犬を襲ったのではなかろうか。何度もそう思うことがあった。飼い主の意向もあり、特に問題になるようなことはなかったが、高校生の好奇心とは抑えようのないものらしく、その噂はすぐに学校中に広まった。今では、尾ひれとか、背びれとか、翼とか角とか色々ついている。

犬を殺した後、その瞬間の快楽と、その後の罪悪感とのギャップに三日間は引きこもったものだが、その罪悪感こそ偽物ではないかと、自分を責めた。だって、確かな快楽がそこにはあったのだ。

「私、あの時、脚が竦(すく)んで動けなくて、怖くて、怖くて……だから、本当に感謝しているんです」

その恐怖は、本当に犬に対するものだったか？　なんて聞けるわけがない。

「あの時のこと、結構トラウマで。実は、今でも犬は苦手なんです」

「……殺す必要はなかった」

「でも、センパイだって嚙まれたじゃないですか！　あんなの仕方ないです！」

鳴坂の視線が俺の左腕に注がれる。よく見れば、その時の傷が痕になって残っているのがわかる。俺はその表面をそっと撫でた。

「俺は痛みを感じない」

「わかりやすく痛覚に訴えるものだけが、痛みではないと思います。センパイは苦しんでいます」

「もう、こういうもんだと思ってるからな」

「K―ウイルスのせいで、いつも体調悪そうじゃないですか。殺人衝動がなければ、もっと普通の高校生活が送れたはずじゃないですか。センパイは優しいから、巻き込まないように周りと距離を取っていて、不本意な衝動にすごく苦しんでいるじゃないですか……！」

鳴坂は一年前に会った時から、こうしてずっと気にかけてくれる。同じ高校に入ったのは流石に偶然だとは思うが、周りの目など気にせずに俺に話しかけてくれるし、昼休みだってわざわざ俺のところまで来てくれて……本人に言うことはないが嬉しいに決まってる。

慣れない人の好意は、俺にとっては甘すぎるほどだったし、もっと鳴坂に歩み寄って、このままK－ウイルスと上手く付き合う方法を見つけて……なんて、何度も考えた。

でも、その度に、それ以上の回数、衝動のままに鳴坂を手にかける未来が過るのだ。気を抜いた瞬間に、愛しさと信頼が燃料となって肥大化した衝動が鳴坂を襲う。そういう悪夢を見るのだ。

そして、目を覚ますと自己嫌悪に陥る。

今だって、鳴坂を引き裂くイメージは頭の中に鮮明にあって、チラついている。

そして、その自己嫌悪さえも、最近は偽物のような気がしている。

だって事実、俺は旭日零を殺している。

それを知ったら、果たして鳴坂はどう思うだろうか。

ああ、そう言えば、旭日が悪夢として出てくることがないな。

「俺はな、鳴坂が思ってるよりやべーヤツだよ」

殺人衝動は麻薬みたいなものだ。

手を出したら気持ちが良くて、破滅が約束されている。

毎度、毎度、自制心を試されるのだ。ここで殺してしまえば気持ちがいいぞ。これまでの人生で味わったことのない快楽を享受できるぞ。さあ、欲望のままに引き裂いてしまえ。

人並みの道徳心があって、そこまでの覚悟がなかったから、今まで押し留められていただけだ。いつ、誘惑に負けるかわからない。いつか、きっと俺は欲望に身を委ねるだろう。

いや、もう、既に俺は殺しているのか。

だって、旭日零の体が再生することなんて、最初は知らなかったじゃないか。

ははっ、なんだ。

そうか、そうか。

俺はこんなあっさりと踏み越えられてしまうのか。

「やっぱり、俺とは関わらないでくれ……」

そういう意味でも、旭日と出会ったあの夜に、俺の中の歯車はどこか噛み合わなくなってしまったのかもしれない。いや、元から噛み合ってなどいなかったのか。

最近、自分の本質や望みが、わからなくなってくるのだ。

友達が欲しい？　世界と共感したい？　そう思い込もうとしているだけではないですか？　違うと言い切れますか？　何かを隠そうとはしていませんか。

「イヤです」

鳴坂はさ、前に東棟の空き教室で殺人衝動に呑まれた俺を見て、恐ろしいと顔を歪めていたじゃないか。それが答えなんじゃないですか？

言いかけて、止める。これを本人に言えないのが、俺の弱さだろうか。

「センパイは、以前私に罪悪感があるかと聞きましたね」

「ああ」

「罪悪感だけで、女の子がここまですると本気で思いますか？」

ここまで、俺に言えてしまうのが、彼女の危うさだろうな。

「やっぱりお前はバカ女だな」

第三章　知らぬ間に膨れていたこの感情の名を、俺はまだ知らない。

1

呼び出されたのが、体育館裏だったら少しはロマンチックだったろうか。

だが、俺が呼び付けられる場所など、大抵は決まっていて。

「有町（ありまち）。最近、いつもより、顔色がいいな」

生徒指導室。

進路指導室ですらなくなった。

鎌倉（かまくら）先生は、ピンクのジャージを着ていた。つまり、いつも通り。鎌倉先生は、眉間に皺（しわ）を寄せ、不機嫌そうである。つまり、いつも通り。いつもと違うことがあるとしたら、俺の状態か。少なくとも、鎌倉先生はそう思っているらしい。

「俺のことよく見てますね」

「この高校を代表する問題児だからな」

「健康に気を遣うようになったんすよ」

「ほう。具体的には」

「あー……いい感じに血が綺麗になるサプリとか？」

「高校生の内からそんなものを飲むな、バカ者。何か変わったことでもあったか？」

一つ、この秘密は絶対に他言しないこと。

契約項目にこれがなかったところで、誰にも言えねえだろ、こんなん。

「ありませんよ。いつもと変わらない問題児、有町要です」

「…………まあ、いい。調子がいいのはいいことだ」

鎌倉先生は、訝しげにこちらを見てくる。

「いつも言っているが、何かあれば大人を頼れよ」

「はーい」

「自首なら、いつでも付き添ってやる」

「……へーい」

ポケットに手を入れたまま、立ち上がった。

開き戸に手をかけ、一瞬立ち止まる。

「あ、先生。吸血鬼って何が好きだと思います？」

「……血じゃないのか」

「それ以外で」

「それなら……トマトだろう」

「ですよね」

旭日との契約行為は相変わらず続いている。

このまま続けていいのかという葛藤はあるし、変わらず、殺した後はしっかりと後悔する。己の異常性の再認識と、罪悪感。それでも、旭日が妖しい笑みで誘うから、激しい痛みに襲われているはずなのに満ち足りたような顔をするから、覚えていなくてはならないはずの罪悪感が薄れてしまいそうで、怖い。

当の旭日がいいと言うのだし、このままで、このまま慣れてしまっても……なんて酷い言い訳だろうか。

あと、最近は定期的に、遠藤……改め加瀬に話しかけられる。別に言うほど、害はないヤツだと認識されたらしい。それに関しては、加瀬が少々特殊だと思う。

「なあ、有町。二の腕の感触っておっぱいと同じらしいんだけど、どう思う！」

神妙な面持ちで、アホな話題を切り出された。

「知らねえわ」

「有町の触ってみてもいいか？」

「あ？　自分の触れ」

「自分のだったら感動がないだろ⁉」

「俺の触って感動されたくねえんだよ！　逆の立場になって考えてみろ！」

「……それは、それでアリ？」

加瀬はわざとらしい上目遣いをして、言った。

「なしだわ！」

何気ない友人との会話に密かに心躍りはすれど、コイツが俺の〝狼男〟を知らないことを考えると、思うところはある。何か、こう、騙しているような、そんな気がするのだ。

旭日とは、基本的に教室で絡むことはない。アイツは基本的に寝ているし、わざわざ話しかける用事もないからだ。話をするのは、俺が殺したくなった時か、旭日が食べたくなった時だけ。いや、最近はそうでもないか。

休み時間。

前の席の旭日から、二つ折りにされた紙切れが渡される。その中には、達者な字で『トマトジュース』と書かれていた。旭日を見やると、もう既に机に突っ伏していた。

買って来いってことか？　これは注文表か？　てか、トマトジュースにハマってんじゃあねえよ。最初不満そうだったじゃねえか。

「おい」

「………………」

「おい！　旭日」

「……ぐう」

狸（たぬき）寝入り。寝たふり。何がぐう、だ。永眠させてやろうか。

クソ。トマトジュースなんて自販機にそうそうねえだろ。いや、学食に併設されたコンビニにならあるか？　めんどくさいが、俺が旭日の体から抜いた血の量を考えれば足りないくらいか……。

結局、俺はコンビニまでトマトジュースを買いに行った。

どういう原理か、旭日は決まって俺より先にこの教室に居るのだ。

昼休み。東棟の空き教室。

相変わらず、薄暗く、埃（ほこり）っぽい部屋だった。

旭日は棚と教壇の間で三角座りをして、紙パックのトマトジュースをちびちび飲んでいた。先ほど、俺がコンビニに買いに行ったものだ。

「お前トマトジュースハマったの？」

コンビニ袋を持った俺は、旭日の隣、教壇に胡坐（あぐら）をかいて座る。

「好きになった」

「あそ」

今日の旭日は調子がいいのか、あまりぽやぽやしていない。のーぽやでー。

今朝コンビニで買った安い菓子パンを取り出し、口の中に詰める。

「また、そんなものばかり。少しは健康に気を遣ったら」

「はがほほふひ」

「もっと上質なエサを食べてほしいわ。味に影響するの」

「人に掛ける言葉じゃねえな！」

口の中の物を飲み込み、思わず声を荒らげる。

「お弁当作ってあげましょうか」

「はあ？」

「レバニラ炒め。レバーパテ。レバーの甘辛煮。レバカツ。レバーのユッケ」

「ぜってえ食わねえ」

普通に味も好きじゃない。食感もキモい。てか、レバーってユッケだめだろ。殺そうとするな。

「お前は、相変わらず昼は食わねえのな」

自分が死なないからって、その辺のハードル下がってんだろ。頭湧いてんのか。

「食べるわ」

そう言うと、旭日はジッと俺の首筋を見つめてくる。

あーはいはい。僕は食料君。ただのエサですよっと。

シャツのボタンを上から二つ外し、首から肩にかけてを晒す。

「いい心がけね」

旭日は四つん這いで俺の正面に回り込み、ゆっくりと舌なめずりをした。視線は、思わず艶やかな唇に向かう。四つん這いで迫られる。無造作な黒髪が足に触れてくすぐったい。いつものぽやっとした旭日の瞳は爛々と輝いていた。まるで、獲物を狩る猛獣のようだ。いや、まるでではないのか。俺は今、旭日にとって、ただのエサに過ぎない。

「随分、慣れたのね。自分が私の食事だって疑っていない」

「疑いもクソも、そういう契約だろ」

少し視線を下げれば、シャツの隙間から控えめな胸が目に入って、俺は慌てて視線を戻した。覚られないように、そのつもりだったが、旭日の口角が僅かに上がる。

「えっち」

「は、はあ？」

「それとも、外側じゃ何とも思わない？」

旭日は押さえ込むように、俺の左手の甲に、右手を重ねた。教壇に縫い付けるように体重をかけて、もう片方の手は俺の右肩を掴む。肉食獣が獲物を押さえ込むように。

「私、あなたの首から鎖骨にかけてのライン好きよ」

逃がさないとマウントポジションを取るように、そのまま太腿の辺りに腰を落とした。

「いい具合に血管が浮き出ていて、とても食べやすそう」

「そうかよ」

旭日は焦らすように、味見でもするかのように、首筋に舌を這わせる。

そして。

「いただきます」

カプリ。

歯を立てて、血を啜る。

「……っ」

じゅるっ、じゅるるっ、と唾液だか、血だかを啜る音。

耳元で、こくんと旭日の喉がなる。

旭日の黒髪が鼻先をくすぐる。すーっと。シャンプーのいい香りがする。痛みはないけれど、体の中から何かが抜けていく。血と一緒に魂が持っていかれているような感覚。それを味わいながら、部屋の壁を見ている。

「んっ、んく……はあっ、おいひぃ……」

口を離して、漏れる血を舌で舐める。傷口をほじくるように、ちろちろと這わせていた。

旭日は俺の肩を握る手に力を込める。そして、もう一度、かぷり。

さっきより激しく、抉るように齧り付く。

すると。

「……が、ぁ」

狙ったようなタイミングだった。

いや、それとも、血を吸う旭日に触発されたのか、叩(たた)き起こされたかのように、血が沸き上がる。全身に熱が籠って、それは抗(あらが)い難(がた)い衝動として脳を支配した。

三日ぶりの殺人衝動。

手を伸ばさずとも届く距離に絶好の獲物がいる。いや、獲物だなんて、この子はただのクラスメイトの旭日零(れい)ちゃんですよ。何度見ても、何度裂いても、何度抉っても飽きることのない綺麗な体を持った女の子ですよ……なんて、いやいや、まだ性的な目で見た方が健全でしょうか。

制服の下、旭日の腹部に手を這わせる。

這わせて、内頬(ほお)を噛(か)んで動きを止めた。

理性と欲望がせめぎ合いながらも、脳内を支配するのは人形のように美しくて、人間らしく温かくて、中身の詰まった旭日の健康的な体のことだった。

「……っ」

旭日は血を吸うのを止めないまま、俺の手に手を重ねて腹部へ導いた。

旭日のお腹(なか)。白く陶器のように綺麗で、それでいて生々しく、適度な弾力があってすべすべしていて、何より、この皮一枚隔てた先にたくさんの物が詰まっていると想像できるところが好きだ。

　喉が鳴る。

　それは俺のものだったか、旭日のものだったか。

「早くシてよ、有町君」

　耳元で囁かれる。

　まるでサキュバス、欲情を掻き立て、欲望を引きずり出す妖しい声音。

　ああ、もう、どうにでもなれ！

　どうせ負けてしまうのならば、この形だけの抵抗も無意味じゃないか。

　傷つけても、傷つけなくても後悔して、どちらにせよ苦しむとするならば、今この瞬間の快楽に身を任せるのもいいじゃないか。そうだよ、どうせ俺はおかしいんだから。旭日がいいって言ってるんだから、俺は嫌なのに……本当ですよ？　嘘ですか？

　だから、俺は臍に指を引っ掛けて、一思いに引き裂いた。

「は、ははっ……温かいな、旭日。綺麗だな、旭日！」

　まさぐるように、手を突っ込む。

　滴る血の温かさ、温もり？　安心感！　そう、この温度が安心するんだ。ぬるりとしたお肉と、お肉が美味しい？　美味しそう？　いやいや、食欲は湧きませんよ、いただきません！　殺るまでは。

「……ぁ、ふへへ」

旭日は普段なら絶対に出さない気の抜けた声を漏らす。

既に首から口を離し、俺の肩に額を擦り付けるようにしてもたれかかっている。

「は、ははっ、旭日のさ、中身の詰まった綺麗なお腹、好きだなぁ」

線の細い体には夢がいっぱい詰まってましたとさ。めでたし、めでたし。って終わらねーよ。宝箱みたいにさ、たっくさん詰まってんの。質も良くてさ、やっぱ外側が綺麗だから、中身も綺麗なんだよ。比例するんだよ。そういう論文ありませんか？　作りましょうか。肌が白いのは、血の赤が映えるからだと思いませんか。黒でも映えるんですよ。調べたんですけどね、静脈の血は動脈の血より黒っぽいんだってよ、どっちにもそれぞれ良さがありますよねェ。あ、触感も大事なんですけどね、こう、個人的にはちょっと筋っぽい感じがですね。いいと——。

「センパイ。何してるんですか？」

その声音は決して大きいものではなくて、ただ、俺の思考をぶった切るには十分だった。

殺意が発散され、波が引くように冷静さが取り戻される。

クリアになった思考に、鳴坂の困惑した顔が叩き込まれた。

「え、血？　どういうことですか？　殺人衝動、我慢できなくて……え、あ、その」

旭日は意識を失って、俺にもたれかかっている。ズボンとシャツは飛び散った鮮血で赤く染まっており、漏れ出た液体は床にも広がっている。首筋には旭日の噛み痕。ぐったりと力のない旭日はまるで死体のようだ。

「あー、はは……笑えねえ」

鳴坂は口元を手で塞ぎ、一歩、二歩と後退りをして、そのまま尻もちをつく。

「血、血が……これ、死んでっ」

鳴坂は吐き気を抑えるように口を押さえて、傍から見ても、あー思考がぐるんぐるん回ってんだろうなってのがわかって、恐怖と不安と心配と色々なモノがミックスした不安定な視線を向けてくる。

最悪だ。えーっと何が最悪？　俺が最低って話？　いや、わかんねえよ。旭日との世界に第三者が入り込むことなんてなかったから、こんなにも自分を客観視できなかった。

俺の体から体温が離れる。

むくりと、旭日が立ち上がった。

「死んでいないわ」

旭日はシャツを捲って、唇で挟んで固定した。お腹にべっとりとついた赤色を拭うと……下からは、傷一つない綺麗なお腹が現れた。

「は？　え、じゃ、その血は……？」

「ジョークグッズ」

旭日はシャツを下ろして、口を開く。

「う、嘘です。だって、リアルすぎますし……ジョークグッズだとしても意味わからないですし」

「嘘」

「は？」

未だに事態を飲み込めない鳴坂は、目を点にして旭日を見上げている。

まるで、理解の及ばないバケモノでも見ているかのような目だ。いや、実際バケモノには違いないのかもしれない。死んだと思っていた血だらけの少女は、ぴんぴんしていて、加害者であろう俺と争う様子もなく、ただ、淡々と言葉を紡いでいる。

旭日は鳴坂の正面で腰を落とし、膝を抱える。

「私のことは知っている？」

「旭日零センパイ。二年C組の……吸血鬼」

咄嗟に、その異名が出たのは、口端から零れる血を見たからだろうか。

ここから見えるのは旭日の背中だけだけれど、鳴坂の揺れる瞳を見れば、どんな表情をしているかくらいはわかった。きっと、旭日は妖しく笑っている。

「そう、私は吸血鬼。有町君の血を吸う不死身の吸血鬼よ」

目を疑うような奇怪な現象。

目を逸らしたくなるようなスプラッター。

しかし、鳴坂には、一つ思い当たることがあったのだろう。

「まさか……旭日センパイもK―ウイルスにかかっているんですか？」

鳴坂がK―ウイルスを知っていることに驚いたのか少し間があったが、旭日はこくりと頷いた。そして、バトンタッチだと言うように、こちらを振り返る。

「K―ウイルス、タイプ〝吸血鬼〟」

「センパイ以外にも……でも、それでどうしてこんな！　二人はここで何をしていたんですか」

ここまで見られて、K―ウイルスも知られていたら、誤魔化しは利かないだろう。

別に誤魔化したいわけではないけれど……旭日を殺したのが仕方なかったら、俺がどうなっても同じように仕方がないとは思う訳で。

「センパイ、黙ってないで何か言ってくださいよ！」

もし、これで鳴坂が俺を糾弾して、例えば学校とか、警察とかに報告したとして、全て台無しになるなんて逃げ方も、鳴坂が望むなら、それがいいのだとズルい考えが過る。

「別にセンパイを責めようとは思っていません。困らせようとも思っていません。センパイの力になりたいんです。だから、話してください」

でも、鳴坂がそんなことをしないだなんて、よくわかっているから、やはり俺はズルい。

旭日に視線をやると、こくりと頷いて「あなたがいいのなら、いい」と言った。

「わかった。鳴坂、K―ウイルスにかかった者同士、俺たちは契約を交わしたんだ――」

そして、俺はざっくりとこれまでの経緯を説明した。

まずは、〝吸血鬼〟の問題から。主な状態は、吸血衝動と超再生の二つ。吸血される時には、気絶するほどの激痛が走る。旭日は普段、不味い輸血パックを我慢して飲んでいて、俺が殺人衝動を抑えるのがしんどいように、旭日も吸血衝動を抑えるのは簡単ではなかった。そして、ひょんなことから、俺たちは互いがK―ウイルス持ちであることを知った。

しかも、それぞれの状態は相互に補完し合うようなものだった。血を吸いたいが、相手に激痛を与えてしまう旭日にとって、俺の無痛は都合がよかったし、殺人衝動を解消したい俺にとって、旭日の超再生は都合がよかった。

そして、契約を交わしたのだ。

一つ、両者は求められた時は契約行為になるべく応じること。

一つ、この秘密は絶対に他言しないこと。

一つ、もし、どちらかの異常がなくなった場合、この契約は破棄すること。

「そ、な、なるほど……はは、なんですか、それ」

鳴坂にとっては理解しがたい話だったようだ。

「こんなこと、いつか絶対にバレますよ！」

「まあ、そうだろうな」

現に、こうして鳴坂にバレた。

「それに、体にすごく負担がかかってるかもしれません。旭日センパイが血を吸う時、吸われた側に激痛が走るのはなぜですか？　蚊のように吸血の時に、何か別の液体を注入しているって可能性もありますよね。それは体に悪いものかもしれません。センパイは、ただでさえ痛みを感じられないんです。今、自分の体がどうなっているか考えたことがありますか？」

鳴坂は、俺に詰め寄り、悲痛な表情で訴えかける。

「旭日センパイだって、そんな頻度で傷ついて、再生してを繰り返したら、体に負担がかかるに決まっています。そういうデメリットをちゃんと考えたことがありますか？」

次は旭日の方を向き、声を上げた。

「止めてください、こんなこと。センパイたちにとって、いい結果になるとは思えません」

「羨ましい」

「……羨ましい？」

旭日は無表情で、ぼそりと呟く。口元を拭うと、凝固した血がポロポロと床に落ちた。

それに対し、鳴坂は何を言っているのだ、と眉を顰める。

「あなたは、当然のように未来があると思っている。当然のように、高校を卒業して、大学へ行って、働いて、結婚して、子供ができて、孫ができて、年老いて死んでいくと思っている」

「なんですか、急に。意味がわかりません」

「それが、当たり前だと思っている」

「別に思っていませんよ。少しでも余計な負担は減らしたいって思うのは、普通のことじゃないんですか」

「思っているから、そういう発想になるのよ」

「旭日センパイは、今さえ良ければ、それでいいってことですか？」

「生きることにおいての最重要事項があなたとは違うの」

「それ関係あります？　辛いのはわかります。でも、ふつーに考えて、わざわざ取る必要のないリスクを負うのはバカらしいじゃないですか」

「普通じゃないの、私たち。この惨状を見たらわかるはず」

腹部を中心に真っ赤に染まった旭日のシャツと、スカート。凝固した血が残った口元。返り血で真っ赤になった俺と、血溜まりのできた教壇。床には血でできた足跡が残っている。まるで殺人現場じゃないか。

「あなたに、私たちの気持ちなんてわからないわ」

「……っ、たちって、センパイを巻き込んで適当なこと言わないでください！　こんなことしても何の解決にもならないじゃないですか！」

「解決って何？」

声を荒らげる鳴坂にも、旭日は一定のトーンで言葉を返す。バカにしている。真面目に取り合っていない。というよりは、どこか別の惑星の住人を相手にしているようで、言葉が通じないことを当然と諦めているようでさえあった。

「そ、れは……〝狼男〟がなくなることです」

「そう」

旭日は短くそれだけ言うと、完全に興味を失ったと言わんばかりに、制服を脱ぎ始めた。シャツのボタンを外し、スカートを落とす。俺は思わず顔を逸らした。旭日は事前に段ボール箱の中に入れておいた体育着を取り出し、袖を通す。

「とにかく、もう契約行為は止めてください。旭日センパイのことを考えても、何より有町センパイのこれからのために」

着替え終わると、体育着が入っていた場所に制服をしまった。二年生を表す青の体育着は、少しサイズが大きいようで、袖が余っている。

「本当にそれが理由なの」

「何が言いたいんですか？」

「別に」

旭日は熱の籠らない声音で言うと、教室のドアに手をかける。建付けの悪いドアは、レールに引っかかって、ガタガタと音を立てながら開く。

「私から止めるつもりはないわ。でも、有町君がしたくないと言うなら、考えてあげる」

俺の目をジッと見て、それだけ言い残すと、旭日は去って行った。

契約行為について、旭日はその意志を示した。正直、旭日がここまで感情を見せたことには驚いた。

鳴坂はギュッと拳を握り、悔しそうに俯（うつむ）いている。

「センパイ。こんなこと言うのは恥ずかしいですけど、私は、本気でセンパイに幸せになってほしいと思っているんです」

「ああ」

「このまま契約行為を続けていても問題の先延ばしにしかなりません」

「ああ、その通りだと思う」

その場しのぎ。

救われる未来などなく、無数の破滅にのみ繋がっている。

誰かにバレるか。鳴坂が言うようにどちらかの体にガタが来るか。倫理的にも問題がある。契約前より悩みは増えたように思うし、これが最善だと思っているわけではない。

「私はセンパイを見捨てません。見限りません。だから、一緒にコレをなくす方法を見つけましょう？　時間はかかるかもしれませんが、私はセンパイを諦めません、だから、もう旭日センパイとは会わないでください。センパイが傷つくのも、傷つけるのも、磨り減っていくのも見たくありません」

「鳴坂は優しいな……」

これは、俺が望んだ一つの形かもしれない。

旭日との契約のことが第三者にバレて、しかも、その第三者は俺を咎(とが)めるつもりがなくて、他人の意志で契約を止められるとすれば、仕方なく止めるしかない状況になるとすれば、もしかしたら、それが一番いいのではないかと考えたことがある。

本当に情けなく、ズルい考えだけど、今がまさにその状況だ。

「私はセンパイに幸せになってほしいんです」

だというのに、どうして俺は鳴坂の提案に頷けないのか。

——これが私よ。〝吸血鬼〟であることを含めて、旭日零なの。

どうして、今、その言葉が脳内で反芻(はんすう)されるのか。

鮮烈に、熱烈に、強烈に、旭日の表情ばかりが思い起こされるのは何故(なぜ)だろうか。

　俺の望みと、欲望と、理性と、世間体と、Ｋ－ウイルス。

　考えれば考えるほど何もわからなくなるのは、今まで何も考えてこなかったからではなかろうか。

2

　土曜日。契約行為が鳴坂にバレたのが昨日。旭日に会うのも、鳴坂に会うのも気まずいというか、面倒というか、少しばかり気乗りしないので、ありがたいかもしれない。

　代わりのチャイム連打。

　玄関のドアは乱暴に叩（たた）かれ。

　スマートフォンには無数の着信。

「おっきろ～！　ダメお兄！　惰眠なお兄！　目を覚ませ！　妹を救うために立ち上がれ～！」

　ということで、朝っぱらから妹に叩き起こされた。

　今日は心都（こと）の買い物に付き合う約束だった。約束と言えば両者の同意があって取り決められるもののように思えるが、これはほぼ一方的な宣言だった。そして、俺はその宣言に抗（あらが）う術を持たない。妹に逆らえる兄など存在しないのだ！　ドヤ顔で宣（のたま）う心都の姿が脳裏に浮かぶ。

『次の土曜予定空けといて！　我々は買い物に繰り出すぞ！』

『その日は予定がある』

『前もって私との予定を入れておいてくれたってこと!?　もう〜、お兄のシ・ス・コ・ン？』

『ちげーよ』

『じゃあ、土曜はお兄の家に迎え行くから！』

大量の着信履歴を遡り、心都とのメッセージのやり取りを見てため息を吐く。

最近の学び。俺の周りの女は基本的に人の言うことを聞かない生き物である。こちらの事情などお構いなし。こちらの意志を度々捻(ね)じ曲げてくる。

俺は半覚醒の頭でベッドから這い出て、玄関のドアを開けた。

「おはよ、おにーちゃん！」

満面の笑みで、心都に迎えられる。

ブラウンのチェック柄ミニ丈ワンピースに、ショートブーツ。髪はツーサイドアップに纏(まと)められており、インナーのピンクが覗いていた。素材の良さを押し出したナチュラルメイクも良く似合っている。

だが、何より俺は眠くて、眠くてしゃーない。

「……ああ」

「もう、やっぱり寝てたー。ダメだぞ、休日だからって気を抜いていたら。いつ、妹が進撃してくるかわからないからねっ！」

「…………まだ九時だろ」

「もう九時なの！　とりあえず、お兄の準備ができるまで部屋で待ってるから」

心都は俺の返事を待つことなく部屋に入り、勝手に寛ぎ始めていた。「何か漫画とかないのー？」と言うから、スマートフォンの電子書籍のアプリを開いて渡してやった。本は全て電子に移行してあるのだ。

歯を磨いて、寝癖の酷い髪をセットし、私服に着替える。途中でコーヒーを飲んだりしながら、一時間くらいかけて、ゆっくりと準備をした。

「ふむ……これが噂の現代アート」

心都は漫画に飽きたのか、腕を組んで思案する表情を浮かべていた。目の前にあるのは現代アート……と言えば聞こえがいいが、その実態はズタズタになったオナホールに包丁が刺さったものである。片づけるのを忘れていた。最悪だ。

「タイトルは『性抑』だ」

「なるほど、男性の性を象徴するアイテムとしてオナホールを用い、それを包丁で刺すことで性の抑制を表す……浅いッ！」

「……うるせえ」

思っていた反応とは違うが、酷評されるのもそれはそれで傷つく。キモがられても傷つくし、オナホールは物理的に傷ついている。誰も幸せにならないアイテムだな、これ。

「お兄、前はここにボロボロのクマのぬいぐるみが飾ってあったよね？　手足が一本ずつもげたヤツ」

「そう、だな……」

それは、『性抑』を飾った時に代わりに捨てた。

あれは……あれも、俺の異常性の象徴で、戒めで、ふと視界に入った時に思い出せるように、お前はこういう人間だぞって。

「お、やっと準備できたか。妹は待ちわびたぞ、お兄！　服はよく似合ってる！　さすが、あたしのお兄！」

黙り込む俺を見て、心都は明るく声を出す。本当に俺には勿体(もったい)ない妹である。

「心都に選んでもらったヤツだからな」

服を選ぶのがめんどくさいので、私服は二セットを使いまわしている。今日着ているのは、ブラウンを基調としたカジュアルなセットアップジャケットだ。心都に「セットアップ着ておけば間違いないから！」と言われ、そのまま購入した。

「えへへ。それで、あたしは！　どう！」

心都は、その場でくるりと華麗に一回転。百点。十点満点で、百点。

「じゃあ、行くか」

「なんでー！　なんで褒めてくれないの⁉　ねえー！」

正直、面倒だと思っていたが、一人で居ても余計なことを考えてしまいそうで、タイミングとしては非常にありがたいかもしれなかった。確実に気は紛れる。

財布とスマートフォンだけを持って、家を出る。心都と共に下り坂を十数分歩き、最寄りの月下駅で東瞬本線に乗り込んだ。四駅電車に揺られれば、私鉄、地下鉄の各線が集まる日本有数のターミナル駅、野々芥駅へ到着する。

「ひゃー、やっぱり土曜は人多いね」

中高生に大学生、家族連れ、カップルと駅の中はたくさんの人で賑わっていた。人の多さにうんざり。一週間は七日間あるというのに、なぜ人類は同じ日に休もうとするのか。バカなのではなかろうか。そんな俺の嫌そうな顔を見て、心都は俺の袖を摑む。逃がさないよ、とニッコリ笑顔。

今日は、心都の買い物に付き合うことになっている。そろそろ春・夏物の服がセールになり始めるからチェックしに行きたいのだとか。今から本格的に夏が始まるというのに、なぜもうセール？　よくわからないが、普段から度々料理を差し入れしてもらっている俺に拒否権はない。最近、人権も失ってたりするので、色んな権利が零れ落ちていっている。

野々芥タワー。

野々芥駅に直結する複合商業施設で、飲食店から、雑貨屋、アパレル店と割と何でもある。俺は心都とエスカレーターに乗り、ウィメンズのブランドが並ぶフロアへ向かった。

心都はルンルンで目当ての店に入ると、真剣に吟味を始める。終わるまで外で待っていよう、そう考えたところ、心都に視線で牽制された。妹様には逆らえない。

「お兄！　これどう思う！」

白を基調とした、首元に大きめのフリルがついたブラウスを掲げて、言った。

「心都っぽいなって思う。似合うだろうけど、似たようなの持ってなかったか？」

「ちょっと違うところがあるの！　ほら、ここのリボンとか可愛くない!?」

「……なるほど」

あんまり違いがわからん。

それからも色々吟味し、結局何も買わずに次の店に繰り出した。目当てのお店を一通り回って、比較した後、最後に購入するのだとか。長期戦になりそうだなあ。

「こっちとこっちは！」

黒と茶。同デザインで色違いの二着の服を提示される。

「ブラウンの方が無難に似合うだろうけど、黒だといつもと違う雰囲気になりそうだし、個人的にはそっちのが気になるな」

「ふむ、なるほど……」

むむむ、と顔を顰めて長考。「候補には入れておこう」と言うと、元にあったところに戻し、店を出る。意識は既に次の戦場に向いていた。

「お兄って、聞けば意外にちゃんと答えてくれるよね」

「めんどくさいとは思ってるけどな」

「そーゆーのは思ってても言わないの！」

とかなんとか言いながら、次のお店へ。今までとは少し系統が違って、可愛らしさもありつつ、どこか綺麗めなデザインの服が多い。

真剣な顔つきで店内を見て回る心都を横目に、普段見慣れない女性物の服を見て回る。女性物の服って、男性物に比べて安価でもデザインのバリエーションが多い気がする。こうして見ると、女の子がオシャレに貪欲なのもわかる。いや、逆なのだろうか。需要があるから大量生産できて値段も安くなるとか？

と。

突然、脇腹を突かれた。

「……っ、おい、それやめ……ろ？」

イタズラ好きの妹にデコピンでも喰らわせてやろうと振り返ると、そこに居たのは想像とは違った人物だった。俺の妹にしては背が低い。俺の妹にしては表情に乏しい。腰元に控えめなリボンが付いた白のワンピース。珍しく綺麗に整えられた黒髪。眠たそうだが、どこか妖しい瞳に吸い込まれる。

「あなた、こんなところで……犯罪、通報、牢獄？」

旭日零は、きょとんと首を傾げながら言った。

「ノンストップで檻の中かよ。そもそも、女性服売り場にいても犯罪じゃねえだろ」

「……たしかに、今はジェンダー問題にも寛容な時代ね」

「ちっげえよ、俺の服じゃねえわ」

昨日、鳴坂に契約行為がバレる事件があったばかりだが、旭日はいつも通り。平常運転。それどころか、真っ昼間にしては元気な方だ。好調運転。少し気まずいかもしれないと思った俺がバカみたいだ。

「何してんだよ、こんなところで」

「私が女性服売り場に居るのはおかしなことではないわ。あなたと違って」

「いや、俺は……」

と、困っていると。

「お兄どうしたの？　何その綺麗な人！　え、恋人……なわけないか、友達……もいなそうだし……知り合い？」

助け船（泥船の可能性アリ）が来た。

散々な評価だ。恋人はまだしも、友達もいないと思われていたのか。さすが、俺の妹。

兄への理解が素晴らしい。兄への気遣いがあれば、もっと素晴らしかったんですけどね。どうですか？　今から買いに行きますか？　気遣い。

「旭日零。有町君のクラスメイトよ」

「有町心都、お兄の妹です。いつも兄がお世話になっております！　うちのお兄がご迷惑かけてるに決まってますよね。兄に代わり、先に謝罪しておきます！」

断定するなよ。謝罪はええよ。

「いつもとっても酷い目に遭わされているわ」

これは事実だから、なんも言えねえな。

「やっぱり！　このダメダメお兄のクズお兄はうちで教育しておきますので……！」

「是非お願いするわ」

「はい！　あ、そうだ、それはそうと学校での兄の様子をお伺いしたいのですが！」

「そこまで深く知ってるわけではないけれど、それでよければ」

「わあ〜！　ほんとですか⁉」

旭日は取っつきにくい部類だと思うのだが、我が妹はするりと懐に入っていく。俺が母体に忘れて来たコミュニケーション能力を全て喰らって出て来たのが心都だ。

二人が楽しそうに話を始めたので、俺は二次被害を防ぐためにフェードアウト。心都に勝手なことをするなと釘を刺してもいいのだが、この三人のパワーバランスを考えても、勝ち目はゼロ。いつも心に白旗を、有町ホールディングス。

　そして、しばらく見守っていると、心都は本来の目的である服を見に、旭日は店の端にいる俺の下までやってきた。

「いい妹さんね」

「ああ、俺には勿体ないくらいのな」

「……シスコン」

「うっぜ」

「で、どうするの？」

　旭日は急に一歩距離を詰めてきて、耳元で囁いた。

　気になど留めていないのかと思ったが、いきなりぶっこんできやがった。

　何を？　なんて聞くまでもない。昨日の事件。鳴坂に言われたことだ。もう契約行為は止めてくれ。鳴坂の正論。契約行為なんてリスクがあるだけの無駄なもので、なんの解決にもならなくて、お互いのためにならなくて、ああ、でも多分旭日はそんなこと心からどうでもいいと思っているだろうな、俺は殺人衝動の解消なんて止めるに越したことはないと思っているし、旭日を傷つけたくはないし、でも、旭日からしたら傷つけられてるって感じではないのでしょうか？　もし、止めたら俺と旭日は——。

「やめるの」

体を離し、無表情で呟く。

「あなたの判断に任せるわ」

お前はどうしたいんだ、そんなクソみたいな質問は先回りされる。

旭日に止めようと言われれば迷わなかっただろうな。

でも、鳴坂の提案では、どうして首を縦に振れなかったのか。

だって、殺すと旭日は嬉しそうにするのだ。

旭日のために？　旭日のためになるのはどっちだ？

俺のためになるのはどっちだ？

何も決められないのは、やはり、俺が空っぽだからか。

「……っ」

そんな俺の思考を嘲笑(あざわら)うように、旭日に触発されてヤツはやってくる。

殺人衝動。こんなところで出てくんなよ、クソが。

しかし、旭日は俺の状態に気づいてか、僅かに口角を上げた。

「ちょうどいい。試してみましょうか」

旭日は俺の手を引くと、ズンズンと店の奥に進んでいった。

「おい、旭日……っ」

そして、土足のまま試着室に入る。

一歩も動けないほどの密室に二人きり。僅かな熱気。俺の手首を掴む旭日の手のひらから熱が伝わってくる。いい匂いがする。心臓が早鐘を打つのは、殺人衝動故か、その他の理由があるのか。

「やめるの」

旭日は静かに呟く。

頰(ほお)は僅かに上気していた。

いつもと同じ旭日の装いに。

惹(ひ)かれる。

「やめたいの」

旭日を殺したいのは罪悪感か？　旭日だから傷つけたくないのか。

殺人衝動が解消できて体調がいいはずなのに、殺した後は、たまに吐き気がするのだ。そして、その吐き気に安堵(あんど)する自分がいるのだ。殺人衝動への拒否反応が消えていないことだけが、俺を人間たらしめている。

殺したいのに、殺したくない。殺しても殺さなくても苦しい。もし、その苦しさが同等ならば、殺さない方がいい。

外から、「あれ？　お兄～？　零さん～？」と心都の声が聞こえる。

いいや、聞こえない。もう、心臓の音しか聞こえない。見えない。旭日の白い肌とか、細くて綺麗な指とか、簡単に折れてしまいそうな首とかしか見えない。

「あなたはどうせ、無理よ。寂しがりだものね」

挑発するように。

目を細める。

でも、毎度のように殺してしまうのは、旭日のこの妖しい瞳で見つめられてしまうと抗い難いのは、殺したくない欲求より、殺したい欲求が上回っているからではなかろうか。

こうして、旭日と対面するたびに、何度も何度も答えの出ない思考を回して、何度も何度も振り回されて、オーバーヒートした脳みそが導き出す答えは毎回同じで、正しさとか、面倒くささとか、望みとかどうでもいい。愚かしいとわかっていながら、どうでもいい。ぐちゃぐちゃぐちゃ。不安定だ。切り替わるように殺意に支配され、静かに侵食するように己の価値観に馴染んでいく。ああ、だから、わからない。静かにちぐはぐに、ズレていく。

そして、結局は旭日を殺してしまうのだ。

「はあ、はあ……っ」

今日も殺してしまった。

必要以上に疲れた。肩で息をしている。手のひらを見つめると、大量の脂汗。びっしょりと。額にも、ぐっしょりと。

でも、やはりこの満足感は誤魔化せない。

そのくせ、罪悪感は誤魔化せてしまいそうな自分が心底嫌いだ。

俺はいつか地獄に堕ちるのだろうな。いや、堕ちてしまえよ、こんなヤツ。頼むから落ちてくれ。嫌いだ。嫌いだ。このままだと、自分のことを嫌いになり続ける。そうであれ。

だから、多分、どれだけの快楽がもたらされようと、殺人衝動なんて気質が嫌いだ。

それでも、止めないのは、それを上回る何か大きな感情があるからか。

言語化できないだけで、俺にとって明確な何かが、この契約にはあるのだ。

立ち上がり、乱れた服を整えると、俺の肩に手を置いてつま先立ちをする。

いつの間にか、旭日は息を吹き返していた。

「有町君」


「しちゃったね」


囁いた。

耳元で。

妖しい声音だった。

俺の全てを塗り替えるような声音だった。

旭日はそれだけ言うと、一人試着室から出て行った。

どくん、どくん。

殺人衝動は解消されたはずなのに、心臓の音がうるさい。

「零さん！　どこに行ってたんですか？」

「少しお手洗いに」

「なんだ～、帰っちゃったのかと思って凹みましたよ！　あ、うちのバカお兄知りませ
ん？」

「さあ。彼もお手洗いに行ってるんじゃないの」

「アホお兄！　一言声を掛けてから行けよー！」

どくん、どくん。

汗でびっしょりと濡れた手のひらには、まだ旭日の首の感触が残っている。

外から聞こえる二人の声は、どこか遠くの世界のものに聞こえた。

旭日と心都が店を後にしてから試着室を出て、二人に合流。

旭日は先ほどのことが嘘だったかのような無表情で、心都は「もう！　どこ行ってたの！　離れるなら一言言ってよね！　ていうか、スマホ持ってるんだからメッセージ送りなちゃい！」とご立腹だった。

「これから、お兄とご飯なんですけど、零さんも一緒にどうですか？」

「遠慮するわ。兄妹水入らずに邪魔をするのも気が引けるもの」

「そうですか。では、また機会があればご一緒しましょうねー！」

二人は連絡先を交換して、旭日は離脱。

心都と二人で店の中を歩く。

「あのさ、お兄。実は今日ちょっと相談したいことが……」

「……あ？　ああ、そうだな。どうかしたのか？」

「なーんてね！　お兄の気を引きたい妹ちゃんが口走ってしまった戯言でした〜！　はい！　ご飯行こう！　ごっはん！　何食べよっか！」

俺は引き続き心都に付き合うのだが、その時のことはあまり覚えていなかった。

3

月曜日。

旭日は契約を結んだ時から、何も変わらない。

変わったのは、俺だ。いや、変わったわけではなくて、本来備わっていた自分の気質に気づいただけかもしれないけれど、どちらにせよ、確かな変化があった。その変化の途中で、ぐるぐると答えの出ない問いに思考を奪われ続けている。

旭日は吸血衝動があれば、俺に血を求めた。拒否することなく、血を吸わせてやる。あれから殺人衝動はない。あったら……あったら、あった時に考えよう。

机に突っ伏す旭日を眺めながら、ぼうっと授業をこなす。

ぼうっと。ぼうっと。ぼうっと。ぼうっと。ぼうっと。昼休み。ぼうっと。ぼうっと。

放課後。

「お前は悩みとかなさそうだよな」

部活の時間になるまでの暇つぶしだとマシンガントークを仕掛けてくる加瀬に、ぽろりと漏らす。

「いやいや、あるって！」

「例えば？」

「例えば……そう、妹のこととか。今年受験でウチの高校が第一志望らしいんだけど、結構成績ヤバくて。でも、兄ちゃんが勉強教えてやるって言っても、頑なに断るんだよな」

「お前は悩みとかなさそうだよな」

「あれ⁉　今の悩みだと認められなかった⁉」

こういう時、友達がいれば、頼って相談することもできたのだろうか。

それが俺の望みの一番であるかは置いておいて、もし、本当の意味でK―ウイルスに悩むことがなくなったら、友達の一人くらいは欲しいかもしれない。

さて、俺と加瀬の今の関係は何なのだろうか。

あの、誰か友達の定義教えてくれません？

加瀬が部活へ向かった後、俺も教室を出る。すると、階段の踊り場で、待ち構えていたようなタイミングで、鳴坂に呼び止められた。

「センパイじゃないですかセンパイ！　帰りですかセンパイ！　私は目玉焼きには醤油派ですセンパイ！」

コイツ、最近ストーカーじみてきてないだろうか。

「ちなみに、俺は塩派だ。後輩」

「ほほう、気が合いますね！」

「合ってなかっただろうが」

それを聞いて、鳴坂はからからと笑う。一見、いつもの元気でちょっとあざとい後輩、鳴坂鈴凪だ。だが、コイツの場合はわかりやすい。表情が変えられても、目つきがいつものそれとは違っていた。今まで、そんな肉食獣みてえな目してなかっただろうが。

「で、なんの用だ」

鳴坂の表情から笑みが引いて、目を伏せて、真剣な面持ちを以て再び口を開いた。

「あれから、旭日センパイと契約行為がありましたか？」

「…………」

「正直に答えてください」

「どうだったっけな」

「本当に正直ですね、センパイは」

想像通りの返答だったのか、鳴坂は力なく笑った。

「ねえ、センパイ」

鳴坂は息を吸って、吐く。

今から言う言葉はずっと昔から決まっていたかのような、そんな気合の入りよう。

「私、センパイの苦しさをわかってあげられてると、勝手に思っていました。力になれてるものだと……思っていたんです」

鳴坂が何を勘違いしているのかはわからないが、力になっていた。今思えば、鳴坂の存在に、俺は随分救われていたと思う。鳴坂が居なければ、俺は本当の本当に高校で一人だったし、K—ウイルスの存在を知って猶、関わってくれようとする鳴坂には感謝している。

だが、それを口に出すべきかは迷った。言うべきでは……ないんだろうな。

「センパイにとって唯一無二の存在ではない。センパイの言動をどう好意的に捉えても、いないよりはいた方がマシくらいの存在ですよね」

「別に、そんなことは……」

「だって！　私には、K—ウイルスにかかっていない私には、本当の意味でセンパイたちの気持ちはわからないじゃないですか！」

　センパイたち、か。

「旭日の言葉を気にしてるのか？　鳴坂は何も間違ったことは言っちゃいないだろ」

「正しいかどうかなんて、重要じゃないでしょ。それくらい、私でもわかりますよ」

　それは、そうかもしれない。正論になんて価値はないのだ。世の中が正論だけで回っているのなら、俺の存在は嘘だ。こんな愚かな人間、生まれるわけがない。

「中学生の頃、助けて貰（もら）って、センパイが〝狼男（おおかみおとこ）〟だって知ったあの時から、ずっと私はセンパイを助けてあげたかった。少しでも力になりたかったし、本当は頼ってほしかった」

　わかっている。わかっていた。そうだろうなと思っていた。けれど、どうすればよかったと言うのか。何を頼れと言うのか。一緒に居るだけで迷惑な俺が、これだけの施しを受けて、これ以上、鳴坂に負担を掛けられるわけがない。

「私だけがセンパイの苦しみをわかってあげられて、理解してあげられてって、そう思っていました……でも、結局私は何もできてない」

「……言うつもりはなかったけど、鳴坂にはすごく救われてる。だから、そんなこと思わなくていい」

「私、やっぱりセンパイのK―ウイルスをなくしたいです」

　なくなったら。

もし、〝狼男〟がなくなったら。

最近は、自分の中で何度も繰り返した問いだ。

「でも、センパイのためなんかじゃないんですよ」

「なあ、鳴坂……」

「センパイを助けたいとか、救いたいとか、あたかもセンパイのためにみたいな……私はズルいから、そんな言い回しをするけど、別に全然センパイのためじゃないんですよ！」

「いい、鳴坂。言わなくていいから」

「自分のためです！」

徐々にヒートアップしていく鳴坂を制止しようと声を掛けるが、それは火に油を注ぐようなものだった。止まらない。瞳を潤ませて、距離を詰めて、想いのままに。

「センパイをこっちの土俵に引っ張ってくるために。恩とか、負い目とか何でもいいから、センパイに見てほしかったら！」

鳴坂は両手で俺の頰を挟んで、声を荒らげる。

今までは、ふわりふわとちらつかせていただけの想いを。

決して言葉にはしなかった感情を。必死に。叩き込むように。

「センパイ、私の気持ちにくらい気づいてるでしょ？」

「なあ、鳴坂、それは……」

「私、意外とクラスで人気あるんです」

ジッと、俺の目を見る。

「あと、こう見えて尽くすタイプです」

ジーッと、祈るように見る。

「強かなタイプでもあります」

ああ、それはよくわかったよ。

揺れる瞳は決して俺から目を逸らさず、頬は見たこともないほどに紅潮していて、俺の頬を挟む手からはダイレクトに震えが伝わってきて、ああ、心臓が煩くて仕方がないんだろうなってところまで想像できた。

「……っ」

頬を挟む手に力を入れて。

つま先立ちをして。

キスを。

された。

「初めてですよ？　センパイ」

それだけ言うと、限界だとでも言うように脱兎の如く駆け出した。

俺は、そっと唇に手を当てて目を伏せる。

鳴坂の好意は心底ありがたいと思う。

でも、何をしても先に罪悪感が来てしまうのだ。優しくて、繊細な彼女を傷つけたくはないのだ。だって、俺といてもいいことなんて何一つなくて、あげられるモノだって一つもない。残るのは、ただの鳴坂の勘違いだけ。

感謝と多少の好意。でも、それが肥大化すると同時に、罪悪感も増していく。

それに今はきっとそれだけじゃなくて……旭日が俺の心の奥から瞳を覗かせて言うのだ

――私は、あなたをあなたのまま救ってあげるわ。

第四章　取り戻したと言うより、奪われたのだった。

1

有町要のモーニングルーティ〜ン！

ピピピ。アラーム、後五分……を三セット。起床。

スマートフォンで適当な音楽を流し、一杯の水道水を飲む。コーヒーを流し込む。顔を洗い、寝癖を整えて、歯を磨いて、鞄を持っていざ学校へ。

玄関の扉の前で、一瞬立ち止まるまでがルーティーン。

別に行く必要なんてないのではなかろうか。一人暮らしだし、正直サボれる。だが、サボれば確実に実家へ連絡がいく。それは非常に面倒くさい。つまりはサボれないってコト？　はあ……結局、今日も行くしかないのか。

どの思考を辿っても結局この結論に辿り着くのです。バカらし。

「痛……っ」

玄関のドアを開けて家を出た所で、腕を何かに引っ掻かれたようだ。血は出ていないものの、少し赤くなっていた。

「……は？」

俺は今なんて言った？　痛い？　いやいやいや。いやいやいやいや。そんなことはない。反射的に口に出してしまっただけだ。痛みなんて感じるはずがない。俺は〝狼男〟なのだから、痛みとは無縁のはずだ。はず……だよな？

首を捻（ひね）りながら相棒（ママチャリ）に乗り込み、高校までの道のりを漕（こ）ぎ進める。

学校で授業を受けている間も、頭の片隅には今朝の出来事があった。

確かめようと思えばすぐだ。今握っているシャーペンを手の甲に突き刺してやればいい。そうすれば、痛みを感じるかどうかわかる。痛みがなかったら、〝狼男〟はなくなっているということか。思えば、殺人衝動もない。いや、そもそも最後に殺人衝動があったのが、三日前の土曜日だ。アパレル店の試着室で旭日（あさひ）の首を絞めた。それから約三日。三日間殺人衝動がないのは珍しいが、ありえないことではない。

もし、なくなってしまったら、いや、なくなるとかありえないけれど、しまったらって、なんでなくなってほしくないみたいな言い方なんだよ。あー、なんでこんなイライラすんだ。

予感だ。言い表しようもない嫌な予感がするのだ。

大体当たるヤツ。意図せず歯車が回り始めてしまった、気味の悪い感覚だ。

「なあ、有町。シャー芯恵んでくんね？」

授業中。

隣の席の加瀬（かせ）が、両手を合わせて静かに懇願してきた。

「あ、ああ」

「さんきゅ」

シャーペンの芯が入ったケースを渡してやる。

「なあ、今日の俺いつもと何か違うと思うか？」

「前髪三センチ切った？」

「うっざ」

確かめるべきだ、果たして俺は痛みを感じるのか。今朝のはただの勘違いか。シャーペンを突き立ててみればいい。やれ。なぜ、気が引けるんだ。何を怖がっているのだ。

わからない。

わかんねえよ……。

ほらさ、コンビニで買った菓子パンも今日は心なしか元気がないように思える。こんなにしなっとしていただろうか。触感も、こう……芯がない。

東棟の空き教室。

相も変わらず、埃っぽく、薄暗い。

クーラーも付けられないから、少々蒸し暑い。これからの時期は、ここに居るのもきつくなってくるかもしれない。もう、そろそろ六月も終わりを告げる。

「今日はいいの？」

隣の教壇と棚の間に挟まった旭日は、ちゅーちゅーとパックのトマトジュースを飲んでいた。中身の少なくなったパックがズゾゾと音を立てる。

「いい。今日は……そういう気分になんねえと思う」

「そ。なら、私もいい」

チョコスティックパンを口に押し込む。もさもさとしていて、水分が奪われる。なんか食欲もわかない。夏バテの先取りだろうか。

「もうすぐ、期末試験ね」

「…………」

「忘れていた？」

「いや、別に」

「有町君、どうせ勉強なんてできないものね」

「なんで、決めつけんだよ」

「中間テストの順位は」

「七十位」

うちの高校は二年生から、クラスが文理で分かれる。文系は全体で約百五十人だから、俺の順位は大体真ん中くらいといえる。それぞれ、選択科目が世界史だったり、日本史だったり、受けるテストが生徒によって多少異なるので、正確な順位とは言い難いのだが、目安にはなる。

「つまらない」

「あ？」

「真ん中って一番くだらないと思うわ」

「はあ？　じゃあ、テメエは……やっぱいい」

そうだ、コイツは俺の耳に入ってくるくらいには優秀なヤツだった。言わなくていい、と制止したつもりだったが、遅かった。

「学年一位」

食い気味に言い放たれた。

無表情なはずなのに、その裏には鼻につくドヤ顔が見える。才色兼備。ミステリアスな吸血鬼。はー、うっぜ。そうだ、忘れていたが、コイツはそういうヤツだった。

「なら、赤点はないのね」

「………」

視線を逸らすと、回り込まれる。

「あるの」

心底驚いたような顔をしやがる。まるで、狼男にでも遭遇したような驚きようじゃねえか、吸血鬼さん。はー、うっぜ。

「……数学」

「文系だから、数Ⅲはないはずよ。問題も理系に比べたら、かなり優しい。どうやって赤点を取るの。テスト中寝ているとか」

「昔から苦手なんだよ！　仕方ねえだろ、天才様には気持ちがわかんねえだろうけどな！」

なんで授業全部寝てて学年一位なんだよ。腹立つな。それも〝吸血鬼〟の恩恵ですか？　変われよ、俺のヤツと。大体数学なんて四則演算できりゃ困らねえんだよ。

「教えてあげましょうか」

「……は？」

旭日らしからぬ言葉に、耳を疑った。存在も疑った。コイツは本当に旭日零なのだろうか、と。オシエル？　天使の名前？　あなたがただのエサであることをその体に刻み込んであげましょうか、で翻訳的にはあっていますか？　違いますよね。多分。

「数学、教えてあげましょうか」

どういう風の吹き回しだろうか。

相変わらずの無表情で、コイツの考えは読み取れない。

まあ、でも、断る理由はねえ……よな。

「本当に一人暮らしをしていたのね」

「ああ」

普段生活している空間に、旭日が居るというのは不思議な感覚だ。思えば、この家に立ち入った人間など、妹の心都くらいなもの。旭日は吸血鬼換算？　どちらにせよ、知的生命体という広い括りで旭日は二人目。

「簡素な部屋ね」

「そっちの方が綺麗に見えるだろ」

部屋が汚いヤツの共通点は物が多いことだ。普通に生活しようと思って必要な物など案外少ない。いつか使うかもしれない程度の物など、取っておいても出番はないし、物の多さに比例して心が貧しくなる。未練がましい感じがするのも嫌だ。

で。

なぜ、旭日がうちに来ることになったかと言うと。なぜ、勉強の場としてうちが選ばれたのかと言うと。いやいや、だってさ、その辺のカフェとかでもいいじゃないですか。そしたら、「頭を使うとお腹が減る。私、お腹が減るわ」なんて言って、ジッと俺の首筋を見つめて「あまり目立たないところがいいと思うわ」とか言っちゃって「バレたら大変よ、この前みたいに」なんて不安を煽るから、「家なら問題ないか？　一人暮らしだし、バレる心配はねえぞ」って言うしかなくて、「仕方がない。気が引けるけれど、仕方がないわね」だとさ。

マジで、コイツが何を考えているかわからない。

あの旭日でも他人の家は落ち着かないのか、鞄を持ってうろうろうろ。俺は通学鞄をクローゼットの中に突っ込み、アイスコーヒーを用意。ローテーブルの上に置くが、旭日がそこに座る様子はない。

「これは……なに」

また、やっちまった。

旭日はジッと、ジーッと、穴が開くほど、いや、元から穴が開いている物だけれど、とにかく興味津々の様子で見つめていた。

現代アート、その正体は包丁インずたぼろオナホール。

「現代アートだ」

「……現代アート」

「タイトルは『性抑』」

「なるほど。深いわね」

思案顔の旭日。

ダメだ。純粋に酷評されるのもあれだが、褒められたら複雑な気持ちだ。キモがられても傷つくし、やはり、誰も幸せにならないアイテムだな、これ。

旭日が次に興味を持ったのは冷蔵庫だった。

扉を開け、中を確認する。正直『性抑』以上に見られて困るものはないし、見て面白いものもない。精々使いかけの調味料とアイスコーヒー、卵等の食材が少し入っているくらいのはずだ。

「なぜ、シラス……しかも、三パック」

「命の摂取効率がいいと思ったんだ」

「……は？」

「シラスって一度に何百匹って食えるだろ？　しかも、ちゃんと一体一体を認識できる。命をたくさん食べてるって気がする。だから、シラスを食うことで殺人衝動が抑えられねえか考えたことがあるんだ」

命の量で言えば、魚卵も効率がいいという意見があるかもしれないが、あれはダメだ。生まれていない。生き物の形を取っていない。比べて、シラスには一匹一匹に異なる人生……魚生？　がある。その生き物が歩んできた軌跡にこそ命が宿り、それを一度にたくさん食べられるシラスは特別な食べ物だ。

「結果は？」

「ダメだった。でも、普通に美味しくてシラスが好物になった」

いつか本場の生シラス丼を食べに行きたいと思っている。夏休みにでも、そのために遠出するのも悪くないかもしれない。

「てか、お前そろそろ座れよ」

言われて旭日は通学鞄を床に置き、ローテーブルの前に腰を下ろす。俺はベッドの縁に体重を預けながら胡坐をかく。数学の参考書とノートを引き寄せ、ローテーブルに積んだ。

「コーヒー」

「ああ、飲んでいいぞ」

「砂糖とミルク」

「図々しいな。ねえよ、普段使わねえし」

「お茶」

「水道水とコーヒー以外ねえ」

旭日は短くため息を吐くと、大人しくアイスコーヒーを口に運び……よほど苦かったのか、眉間に皺を寄せて、「……ぅ」と舌を出した。

それから、しばらくして勉強を始める。

と言っても、勉強をするのは俺だけだ。数学の参考書を広げ、期末範囲内の問題を順に解いていく。旭日は、「わからないところがあれば聞いて」とだけ言って、持参した文庫本に目を落とした。

「お前、勉強しなくていいのか」

「どうして」

その先に続く言葉はなんでしょうかね。授業をちゃんと聞いていれば、テスト前に焦って勉強する必要なんてない、という言い分ならまだわかるが、お前は授業も聞いてねえだろ。なんなんだコイツ。

しかし、意外にも旭日の教え方はわかりやすかった。全て感覚で解いているから、人に教えんのは下手だろ、どうせ。なんでできないのか理解できないとかそんなだろ、と思っていたのだが、偏見だったようだ。

「なあ、これ解説見てもよくわからねえんだけど」

「公式をただ暗記するだけでなくて、その意味を考えた方がいいわ。なぜ、ここがこうなるのか、理解している？」

途中式を書いたノートと参考書を見せると、旭日から容赦ない指摘が入る。

「応用になると途端に解けなくなるの、理解が浅い証拠」

「……うす」

それから、しばらく問題集を解き続ける。

旭日は、聞けばバカにすることなく丁寧に教えてくれた。中々のスパルタだが、旭日としては思ったことを、ただ口に出しているだけなのだろう。わかりやすい……悔しいが、わかりやすいんだよな、コイツの説明。

あっという間に二時間が経つ。

シャーペンを置いて、大きく伸びをした。ポキポキと腰の骨が景気よく音を鳴らす。

「お前、なんでそんな勉強できんの」

「吸血鬼だから」

そうか、やはり〝吸血鬼〟の恩恵か。俺のと交換してくれ。

「冗談。……ただ、得意だっただけ」

「勉強が？」

「そう。サッカーが得意な人、ゲームが得意な人。いるでしょ。それと同じ」

「そういうもんか」

「そういうものよ」

学年一位の才女であり、その外見と行動から吸血鬼と噂されるミステリアスな美少女。

それが、旭日の高校での評価である。

もちろん、誰も旭日が本気で吸血鬼だとは思っていないだろう。その要素と言えば、太陽を避けることと、昼間に眠そうにしていることくらい。ああ、最近はそこに、トマトジユースをよく飲んでいるも追加されるのだろうか。

でも、友達のいない俺でさえ、こんな噂話を耳にしたことがある。

——隣のクラスの子がね、うちの生徒の首筋に牙を立てて血を吸っているところを見たらしいよ。

「旭日って、他のヤツの血も吸うの？」

「それは嫉妬？」

「はあ？」

「吸うなら俺のだけにしろ、ってこと」

「ちっげえよ。そういう噂を耳にしたんだよ」

「どっちの方が嬉しい」

「別に嬉しいとか、嬉しくないとかじゃねえだろ……てか、吸われた方は激痛が走るんだろ？　問題になりそうだよな、色々と」

「そうね。だから問題になっていないということは、そういうことよ」

面白がった生徒が吸血鬼についての噂を流布しただけで、実際に血を吸ったことはないということか。

「所詮、噂は噂ね。ああ、でも、今は事実だわ。ねえ、有町君」

旭日は、俺の首筋を見て、わざとらしく舌なめずりをした。

「安心した？」

「別に」

旭日から視線を逸らし……いや、逸らしたらまるで図星だったみたいじゃないかと思い直し、再度視線を合わせる。別に誰の血を吸っていようと、いいんじゃないでしょうかね。

痛みを感じる人類の皆さん。

「私が直接血を吸ったのはね、有町君を含め二人だけよ」

「二人。あと一人って……」

「母親」

「ああ、吸うなら自分のにしろって言われたとかそういう？」

「…………」

旭日は目を伏せて、黙りこくる。それを見て、己の不用意な発言を悔いる。

家族の話がデリケートなもんだってことくらい、K―ウイルス持ちの俺が一番理解しているはずなのに。自分のだからって気ぃ抜きすぎだろ。

「わりぃ、今のは――」

「今日、うちでもよかったのよ」

すぐに謝罪をしようとして、旭日は被せて言葉を紡いだ。気を悪くした様子はない。ただ、静かに淡々と。でも、少しだけ雰囲気が柔らかいように思えるのは気のせいだろうか。

「私、祖母の家で暮らしているの」

旭日は、口の中にアイスコーヒーを流し込んだ。

「母の血を吸ったのは、中学二年生の頃。喉が渇いて、渇いて、耐えられなくて、首筋に牙を立てた。母はその時、酷い激痛に見舞われてね、なんて言ったと思う」

「なんて言われたんだ」

旭日の雰囲気から、その答えを想像できていながら、問う。

「バケモノ、だって」

旭日は俺を試すように、自嘲気味に笑って言った。

実の親からバケモノと評される。それで旭日が何を思ったか、そこまではわからないけれど、それが旭日の何かを変えてしまうほどの出来事であることくらいは理解できる。理解、いや、共感か。

「今でも昨日のことのように思い出せる。激痛に喘ぐ母の顔。バケモノを見るような目で私を見て、恐怖して、恐れて、必死に距離を取ろうとする母の姿。別に悪気はないのよ。優しい人だと思うわ。だからこそ、その感情に、表情に嘘偽りがないことが理解できてしまう」

優しく。誠実で。正直で。

きっとそんな母親。

だからこそ、娘にもその心の内の全てが伝わってしまったのだろう。

「それで祖母の家に住むことになった、と」

「ええ。一旦、距離を置くことにした。母は申し訳なさそうにしていた。申し訳ないと思うなら、一緒に居たらいいと思わない？」

「そう、だな」

「でも、無理なの。私はバケモノだから。私は恐怖の対象だから。でも、娘だから。その矛盾が母を苦しめるの」

旭日にとって、母親は悪者ではないのだ。

旭日は被害者で、母親も被害者。

巡り合わせが悪かった。どうしようもなかった。そう思っている。或いは、そう思いたいのか。初めて、旭日の心の核心に触れたような気がする。

「家族だから一緒にいなきゃいけないなんて残酷ね。血が繋がっていても所詮は赤の他人。そうでなければ、きっと母も苦しんでいなかった。私も期待なんてしなかったわ」

母親に大事にされてきた実感があるからこそ、旭日はそう思える。

羨ましいことだと、昔の俺なら、そう思っていただろうが、どうだろう。旭日の話を聞けば、だからこそ苦しいこともある気がして、初めから期待など持たなかった俺の方が、マシなのではなかろうかとさえ思えた。

「でも、仕方のないことだと思っているわ。当然の反応だと思うし、今はそこまで悲観してない。Ｋ―ウイルスにかかったことも受け入れている。〝吸血鬼〟を含めて旭日零なの」

心の底からそう言える旭日は、カッコいいと思った。

俺は、やはりＫ―ウイルスが恨めしい。その気持ちは多分変わらなくて、でも、少しだけ、それに反する別の気持ちも芽生えているのだろう。多分。

そうでなければ、俺は鳴坂の提案を飲んでいたに違いないのだから。

「ねえ、あなたは一度も怖がらないのね」

旭日は俺の首筋に人差し指を突き付けた。

それだけで何を望んでいるのかわかって、俺は上から順にシャツのボタンを外していく。

「どう考えても、俺の方が怖いだろ」

「いい心がけね」

ローテーブルを回り込み、四つん這いの旭日が迫る。視線は既に首元へ。半開きの口から、鋭い八重歯と、線を引く唾液が覗いた。ぼうっと。しかし、爛々と。

「……っ」

馬乗りになる旭日の勢いに負けて、思わず体を倒してしまう。床に寝る形になると、旭日は容赦なく、マウントポジションを取る。獲物を押さえつける肉食動物のように、俺の胸に手を置いて、体重をかける。

「いただきます」

狙いは首筋一点。

旭日はそのまま覆いかぶさってくる。

「く……っ」

旭日の舌が首筋を這ったその瞬間、今朝の出来事がフラッシュバックした。

痛みを感じた。

ような気がした。

そう、しただけ。

そうだろう？

「れろ、じゅる……、ん」

もし、勘違いじゃなかったら？

心臓の音がうるさい。緊張と、煽情的な雰囲気に煽られて、後はちょっとばかしの恐怖。旭日へのではなく、未知への恐怖。もし、痛みを感じたとして、吸血行為に伴う痛みは気絶するほどらしくて、痛覚初心者の俺は耐えられるだろうか。

でも、そんなのは勘違いで……だってさ、なくなるきっかけなんてなかったじゃん。

「……いい匂い」

――カプリ。

「か……ッ、ぁ」

歯を立てられた。

血を吸われた。

吸われている。

瞬間、首筋を中心に激痛が走った。

「……ぁ、ぐぁ」

視界が明滅する。体がおかしな風に痙攣(けいれん)する。いやいや、おかしくない痙攣って何だよ。血管に極細の針金を流し込まれたような感覚だ。それが体中を這いまわって、内側から刺すような痛みに絶えず襲われる。やっべ、上手(うま)く息できない。体に力を入れた方が楽か？いや、むしろ弛緩(しかん)するべきか。ダメだ、思考も上手く回んねえ。

「あが……ぱ、はは」

たしかに、こんなのは気絶する。意識を飛ばした方が楽だ。飛んでしまえ。いや、絶対に飛ばすな。飛ばせるわけがない。飛ばしていいはずがない。

「じゅるっ……ぁ、おいひ……ぃ、ん」

あんな話を聞いた後で、恐怖なぞできようはずがない。

ほらさ、今まで感じられなかった分、楽しみましょ。痛みを感じられることに万歳三唱。たーのしめ、たのしめーっ、たのしーぃい！　うっええ、ほら、拍手！　痛いのは楽しいって、そうしましょ。

「はぐ……ん、じゅるるっ」

再度。

歯を立てる。

ひとーつ、のた打ち回ってはいけません。ふたーつ、大声も出しちゃいけません。みーっつ、楽しみましょ。そうしましょ。大丈夫、今まで死ななかったんだから、痛いだけで、死なないんだから。じゃあ、楽しいよね？　耐えられるよね、いい子だもんね、有町くん。がーんばれ、負けるな！　痛くない。テレレテッテテ〜、イタクナ〜イ☆

明滅する視界の中、無限のように感じられる時間。

切り離された煩い思考と、石にでもなるんじゃないかってくらい固められた体と。

「ごちそうさま」

そうして、旭日が満足して体を起こす頃には、体中が汗でびっしょりになっていた。全力疾走したかのような倦怠感。まだ、視界がちかちかしている。上手く体に力が入らない。

「はあはあ……っ」

それを旭日に覚られないように、俺は手元のアイスコーヒーを飲み干し、なんとか立ち上がる。頭の中がぐわんぐわんする。少しでも気を抜いてしまえば、そのまま倒れてしまいそうなほどだ。

わざとらしく、パタパタと服の中に空気を入れたりして、口を開いた。

「はー、あっちぃ。クーラー温度下げるか」

旭日は口元の血を拭いながら、不思議そうに俺を見上げる。しかし、血を飲んだ余韻で、ぽやぽやしているからか、特に何かを指摘されることはなかった。

「いいの。しなくて」

「あー、まあ、今日は来そうにないな」

バレないように鼻で呼吸をして、ゆっくりと息を整える。

「そう。珍しい」

ああ、確定だ。

原因に心当たりはないが、俺はもう痛みを感じる。

それはつまり、〝狼男(おおかみおとこ)〟がなくなったということか。なくなったのが無痛の特性のみという可能性もあるのだろうか。最後に殺人衝動があったのが三日前。まだ判断がつかない段階だ。

言い表しようのない漠然とした不安感が、胸中で渦巻いている。

もし、〝狼男〟がなくなっていたとしたら、旭日はどうなる？

こんなモノ早くなくなってしまえばいいと思っていたはずなのに……なんなんだ、この気持ちは。

「まあ、もう、時間も遅いし、今日はここまででいいんじゃね」

「勉強続ける？　解散？」

「わかったわ」

それを聞いた旭日は、文庫本を鞄に仕舞って立ち上がる。乱れた制服を直して、空いたコップをシンクの中に片付けて、玄関へと向かった。

「サンキュ、助かった」

「トマトジュース三本でいいわ」

「はいはい、わかったよ」

コイツ、俺と会う前から好きだったんじゃないだろうな、トマトジュース。

一人が立っていられるのがやっとの狭い玄関で、旭日はコツコツとローファーのつま先を床に打ち付ける。

「駅までか？　送るぞ」

「驚いた。あなたに、そんな気を遣われるとは思わなかったわ」

「うっぜえ」

もう、外は暗い。そうでなくても、旭日は目立つ。それに、コイツはどこか天然というか、ポヤポヤしているところがあるから、危なっかしい。何より『おい、ダメお兄！　愛しの妹を一人で帰らせる気か！　この暗い夜道を！　一人で！　兄失格だぞ！』と騒ぐ心都の声が脳裏を過ったのだ。

「冗談よ。お願いするわ」

「……おう」

外に出た旭日と入れ替わりで、靴を履く。ドアを開けると、しんと薄暮の空が広がっていた。夜が始まる、ここからは旭日の時間だ。そう思えるほどに、彼女の黒髪と白い肌は世界の一部として馴染んでいた。

思えば不思議な縁だ。少し前までは、あの旭日零が家に来るなど考えられもしなかった。

ミステリアスで、クールで、変わり者で、冷たくて、美人で。

意外と普通の女の子。

ねえねえ、吸血鬼の旭日さん。あなたは普通の日常には興味なんてなくて、ただ、特別になりたいのだと言いましたね。それはどういう意味ですか?

「どうしたの」

通路を先行して歩いていた旭日が、ゆっくりと振り返る。

「別に。今行くよ」

こうして、並んで最寄りの月下駅までの道のりを歩く。

普通に歩いていると背の低い旭日を置いて行ってしまいそうで、努めてゆっくりと歩く。

旭日と二人、しばらく無言が続く。

元々、俺も旭日も口数が多い方じゃないから、こういう時間は多々存在する。

だが、この無言も案外心地がいいのだ。一種の安らぎを感じる。旭日がどう思っているかは知らないけれど、俺はこの時間は嫌いじゃない。

「どういう関係」

その静寂を破ったのは、旭日の鈴の音のような声音だった。

「何の話だ」

「あの子。あなた、友達いたのね」

「ああ、鳴坂のことか。ただの後輩だよ」

「それにしては、随分あなたに懐いていた」

「あー、まあ、あいつが中学生の頃から接点があったからな」

いい子だ、優しい子だ。だからこそ、俺は罪悪感を覚えて仕方がない。俺が彼女を不幸にしている、或いはしてしまうと思えて仕方がないのだ。

「もし、〝狼男〟がなくなったら――」

その言葉に、心臓がとくんと跳ねる。

「きっと、あの子は喜ぶでしょうね」

「そうかもな」

「……あなたは」

横並びで歩いていた旭日は、立ち止まる。

辛うじて聞こえるかくらいの声で呟いた。

「あなたは、まだ、〝狼男〟がなくなったら嬉しい？」

今度は俺に届く声で。

真っすぐ目を見て、言った。

どうと風が吹き、旭日の黒髪が舞い上がる。

「…………」

旭日の問いに、俺は何を言おうかと口を開けて……口を開けたまま言葉を発することができなかった。

「行きましょう。電車が来るわ」

旭日は答えを聞く前に、早足で歩いて、俺を追い抜いて行ってしまう。

失言をしたと、この空気を振り切るようにスタスタと先を歩く。

もし、〝狼男〟がなくなったと言ったら、旭日はどんな顔をするのか。

その先の想像をしようとして……止めた。

2

母は厳格な人だった。

食事のマナーから、言葉遣いまで厳しく躾(しつ)けられたし、教育熱心な方だったとも思う。今の俺を見れば、どれも身になっていないような気もするが、それも仕方のないこと。

小学四年生に上がった頃に、K―ウイルスにかかった。母は酷く取り乱し、すぐに病院に連れていかれたのを覚えている。しかし、医者も理解のできない異常体質に要領を得ない説明をするばかりで、詳しいことは何もわからなかった。その日から母の態度が激変した。

「人を殺したいなんて、自分が何を言っているのかわかってる？」「自分がおかしいって自覚して」「どうしてわかってくれないの？　私は要のために言ってるの、あなたはいつもそう。この前のテストの時だって――」母と話すとき、その声はすごく遠くのものに聞こえる。どうやら、俺はおかしいらしい。

だから、隠そうと思った。

中学二年生の頃、〝狼男〟がなくなったと母に告げた。

すると、態度は急変。まあまあ優しくて、まあまあウザい母親に戻りましたとさ。

で。問題は、その嘘(うそ)がバレた時だ。

やっぱね、嘘ってバレるものなんですね。高校一年生の頃、犬を殺した。鳴坂との出会いとなる、あの一件だ。それで〝狼男〟がなくなってなんかいないことが、母にバレてしまう。

その時の取り乱しようと言えば、凄まじいものだった。

「ずっと私を騙していたの？　今、お母さんがどんな気持ちかわかる？　わからないわよね。痛みを感じないんでしょ？　それで人の気持ちなんて、辛さなんてわかるわけないわよね」

そうなのかもしれない。

痛みを感じないことによって、俺が思っていた以上に他者と感受性のズレが生じているのかもしれない。俺は尽くの他者と同じ世界には生きていないのかもしれない。住んでいる世界の階層が違うのだ。

だから、きっと、俺は誰にも共感できない。

この切り離された世界から抜け出すには、K—ウイルスを取り除く他ない。そして、いつかみんなと同じところに行ければ……そう思っていた。

そして、何故かはわからないけれど、俺のK—ウイルスは取り除かれた。念願が叶った！　わーい！　やった！　これで普通の生活ができる。友達もできるし、誰かに疎まれることはないし、疎外感も罪悪感も覚えることはない！　ほらほら、もっと喜べよ……喜べよ。

どうして、こんなにもモヤモヤするのだろうか。

なぜ、旭日が家に来た時、なくなっていることを誤魔化した？　死ぬほどの苦痛を覚えて、それでもなくなったことは伝えずに、血を吸われた。

「俺、〝狼男〟がなくなったんだ。だから、契約は終わりにしよう」

悪戯(いたずら)に口に出してみると、ズキリと胸が痛んだ。

でも、そういう約束だったし、これは俺の念願だったはずだ。

ずっと〝狼男〟が疎ましかっただろう？　恨めしかっただろう？

だから、次こそ旭日に言おう。

俺のK―ウイルスは、もう消え去ったぞ。


「ごちそうさま」

旭日は俺の首筋から口を離し、口元の血を拭った。

俺は、言い出せないまま結局旭日に血を吸われていた。

痛みに耐えて強張(こわば)った体を弛緩(しかん)させ、汗でぐっしょりと濡れた手のひらをズボンで拭いた。

「すごい汗ね」

脚を伸ばして座る俺に覆いかぶさるように腰を下ろしていた旭日は、立ち上がって乱れた制服を直す。

嫌味(いやみ)なほどに、雲一つの存在も許さない青空を見上げた。

「あ？　ああ、暑いからな」

昼休み。

ただ、今日、俺たちがいるのは東棟の空き教室ではなく、第二棟の屋上だった。屋上は普段閉鎖されているのだが、なんと旭日はその鍵を持っていた。模試で一位を取り続けている限り、自由に使っていいとのことらしかった。

しかし、日差しに弱い旭日は、あまり屋上に来ることがなく、今日も出入り口の側の日陰になっている範囲より先には出ていない。

「殺人衝動。今日で四日目よ。我慢しているの？」

「……してねえよ。そういう期間だってあるだろ。ていうか、ない方がお前は嬉しいだろ？」

「別に嬉しくなんてないわ」

「血は吸わせてやるから安心しろよ」

そうだ、とりあえずは、それがいいかもしれない。

別に俺が痛みを我慢すればいいだけだし、血を吸われるくらい何ともないし、痛いけど、死ぬほど痛いけど、多分そっちの方がマシだ。旭日なんて比べようもなく痛かったはずだ。

それに、血が吸いたいから、旭日はこの契約を持ち掛けたはずじゃないか。

「ふざけたこと言わないで。あなたの尺度で勝手なことを言うのは止めて」

しかし、そんな思考は苛立ち（いらだ）を存分に含んだ旭日の声音に叩き（たた）落とされる。

「言ったでしょう？　私はあなたに裂かれて嬉しいわ。だから、罪悪感なんて覚えないで、欲望に正直に私を求めて」

平坦なはずのその声には、たしかな熱が籠っていた。

旭日らしくない。旭日の考えていることがわからない。コイツは何を望んでいるのか。何に苛立ちを覚えているのか。同じK―ウイルスを持っていて、共感できる境遇を持っていて、だからこそ、時々わからなくなる。

「私はね、私が損をしているくらいじゃないと安心できないの」

旭日は一歩俺に近づくと、そっと胸元に手を置いた。

「ねえ、私、一年前、あなたが犬を殺すところを見ていたわ」

は？　なんだ、いきなり。

あの場に旭日も居たって言うのか？

「必死に、夢中で犬を殺すあなたを見て、心臓が射貫かれたように高鳴った。もし、あの殺意が私に向けられたモノだったらと思うと、興奮したの」

旭日は俺の背中にそっと手を回して、優しく抱擁した。

「私、殺意って愛情に似ていると思うわ」

心音に耳を澄ませるように、胸板に頬ずりをする。

心臓が早鐘を打つのは高揚感か？　罪悪感か？　焦燥感か、緊張と後悔か。

「だから、私を殺して有町君」

俺、もう、殺人衝動なんてねえんだよ。

犬を殺したところを見ていたってことは、旭日は前から俺を知っていたってことか？

この契約は偶然の産物ではないってこと？

あー、ダメだ。何も言葉が出ない。

少し平穏を取り戻したと思う度に、また、旭日に心をかき混ぜられる。

「私はあなたの全てを受け入れるわ」

旭日はそっと体を離すと、「先に教室に戻っているわね」なんて言って屋上を後にする。

俺は屋上のドアに背中を擦り付けて、コンクリートの床に崩れ落ちた。

照りつける太陽に雲一つない快晴。

セミの慟哭が煩い。煩い。煩い。煩い。一週間と経たず滅びてしまえ。

殺人衝動がなくなって、今日が五日目だった。

昼休み。

俺はいつもの東棟の空き教室で、大の字になって天井を見上げていた。床は埃っぽく、硬い。ひんやりと冷たいのは心地いいが、頭の中は靄が掛かったようにぼうっとしている。

ガタガタガッタン。

扉が音を立て、レールに引っかかりながら開く。

二人に一人。今の俺としては、どちらが来ても歓迎できそうになかった。

カツカツと、床を伝ってローファーの音が響く。

「センパイ、何してるんですか？　体調悪いんですか？」

少し首を回すと、鳴坂が仁王立ちをしていた。

一見すると、いつもと同じような態度だが、微妙に目が泳いでいる。鳴坂としても、気まずい思いがあるのだろう。

「パンツ見えるぞ」

「……っ」

鳴坂は制服のスカートを押さえて、慌てて距離を取った。

「すみません、今日のはあまり可愛(かわい)くないので勘弁してください」

いや、可愛い日ならいいのかよ。その反応を勘弁してくれ。

体を起こし、立ち上がる。背中や首を捻(ひね)って骨を鳴らした。

正面から見て気づいたが、今日の鳴坂はやけに顔色が悪い。目の下に若干のクマがある。

非常に珍しいどころか、初めて見た気がする。

「顔色悪いぞ。寝不足か？」

「……そう、ですね。期末が近いので」

にこーっとわかりやすい作り物の笑顔。

「今日は、センパイに確かめたいことがあって来ました」

「この前のことか？」

別れ際、鳴坂にキスをされたことを思い出す。

「ち、違います……それは忘れて、いえ、忘れないで欲しいですけど、一旦置いといてください。置いておいて、話が終わったら取りに行ってください、いいですね」

「……おう」

「では、本題です」

鳴坂は、何か意を決するように息を吸って、吐いた。

「センパイ、〝狼男(おおかみおとこ)〟なくなってますよね」

耳を疑った。

旭日ならまだしも、鳴坂の口からその言葉が出るとは思わなかった。

「……は？　なんで、それを……っ」

「やっぱり、そうなんですね」

「……っ」

しまった、と口を噤むがもう遅い。

驚いてつい反応しちまったが、確信はなかったのか。誤魔化しても、もう遅い。だって鳴坂は全てを確信したようで、覚悟を決めたような顔で、こちらに詰め寄ってくる。

「でも、まだ、血を吸われていますよね。どうしてですか？」

どうして？　なんで痛みを我慢してまで、俺は旭日に血を吸われているのか。

わからない。ただ、そうするべきだと思ったから。いや、それは逃げか？　わかっているのか、言語化したくないだけで、わかっているような気もするが……。

「ていうか、なんで〝狼男〟がなくなったって思ったんだよ」

殺人衝動の有無について、鳴坂は確認できないはずだ。考えられる線としては無痛の方だが、鳴坂の前で痛がる様子なんて見せていない。

「そんなの今は関係ないです。話を逸らさないでください。センパイたちは契約をしたんですよね。一つ、もし、どちらかの異常がなくなった場合、この契約は破棄すること」

そう、初めはそういう契約だった。

だから、俺はこの契約を断ち切るべきなのだ。

「血を吸われる時に、酷い痛みを感じるんですよね？　センパイはそれを我慢して……旭日センパイは、知っていて血を吸っているんですか？」

「それは違う」

「じゃあ、どうして続けてるんですか！　センパイ、〝狼男〟から解放されて、やっと普通の生活ができるんですよ！　今まで諦めていたことができるんですよ！」

今まで諦めてきたこと……たくさんある。あったのか。あることにして、K―ウイルスを恨んで、楽になりたかっただけなのか。もう判断がつかない。

「でもさ、〝狼男〟がなくなりさえすれば、幸せになれるだなんて……ただの現実逃避だよな」

「センパイの立場なら誰だってそう思います。何も間違ってません！」

「なくなったことは嬉しい……はずなのに、でも、ここで止めたら旭日は……」

「旭日センパイとは初めからそういう契約だったんじゃないんですか？　このままだと、センパイばかりが損をするだけじゃないですか！」

「それは……さ」

「センパイにその気がないのなら、私から旭日センパイに言います」

やめてくれ、やめてくれよ。なぜ、とか。鳴坂も、自分すらも納得させられる理由なんてないけれど、ちょっと待って欲しい。まだ、それはダメだ。

――ガタガタガッタン。

バカになったレールの上を扉が走る音と共に、体が強張る。

ああ、俺は何回。何回同じようなミスをするのか。

「有町君。今の話、本当なの」

旭日零。

扉を開けて、信じられないと目を見開いて、立っていた。

唖然と。呆然と。何故か悔しそうに。いや、憤っているのか。

「はい、本当です。センパイの〝狼男〟はもう完全になくなっています」

「黙って」

旭日の氷のような冷えた声に、鳴坂はびくりと体を震わせる。

旭日は俺の目を見て真っすぐ、手を伸ばせば触れられる距離までやってくる。身長なんて女子の中でも低い方なのに、思わず気圧されそうになるほどのプレッシャーを感じた。

「私は、有町君に聞いているの。なくなっているの？」

「……ああ」

思わず、旭日から視線を逸らす。

「どうして黙っていたの？」

「別に……タイミング逃したというか、旭日に不利益があるわけじゃないんだ。そんな目くじら立てるなよ」

それを聞いて、旭日は不快そうに眉を顰める。

「私に同情していたの？　それで血を吸わせていたの？」

「いや、ちが……っ」

「私、そんな気持ちで一緒に居てほしくはなかったわ！」

なんだよ、それ。

何でお前は、そんなにも寂しそうな顔をしているのだ。

理解するのを、されるのを諦めたように目を伏せやがるのだ。

「安心して。最初に決めた通り、契約は破棄するわ。もう、有町君にも話しかけない」

旭日は鳴坂を見て、事務的に淡々と言葉を紡いだ。

鳴坂は唖然としていて、「え、その……」なんて意味のない言葉を漏らすのみ。

「おい、ちょっと待てよ！」

背を向けて去ろうとする旭日の肩を摑む。

と。まるで汚物でも払うかのように、その手を叩き落とされた。

「私たちは、お互いにメリットがあるから、一緒に居た。違う？」

「そう、だけど……っ」

「そもそも、契約は仮だったものね。ちょうどいいじゃない」

そういう話だったけどさ、こんな終わり方おかしいだろ。

お前はそれでいいのか？　あーもう、くっそイライラする。イライラするな！

俺は、もう一度手を伸ばそうとして、止める。

旭日に掛ける言葉など持ち合わせていなかったのだ。

「もう、話しかけないで」

旭日はそれだけ言い残すと、空き教室を後にした。

開かれたままのドアの向こう。靴音だけが徐々に遠く、虚しく響いていた。

第五章　殺意とは性欲ではなく、また、愛情でもない。

1

　次の日も。

　俺と旭日（あさひ）は同じクラスだから、当然のように顔を合わせる。何なら、旭日は俺の一つ前の席だから、否（いや）が応（おう）でも目に入る。四月から、ずっと同じ景色。授業を受ける、黒板を見ようとすれば、コイツの後ろ姿が必ず視界にある。今までは、なんとも思っていなかったはずなのに、今は、視界に広がるなんともない光景に、無性にイライラする。

　もどかしく、煩わしい。

「おい」

　授業と授業の間の五分休み。

　旭日に声を掛ける。

　うんともすんとも言わない。突っ伏したまま顔も上げない。体をピクリとも動かさない。

　椅子の脚をつま先で軽く蹴り上げる。が、同じく反応は返ってこない。無視。完全に無視だ。充電切れてるんですか？　燃料はトマトジュースですか、買ってきましょうか。

「……ちっ」

チャイムが鳴って、席に戻って授業を受け、特に何事もなく、誰と会話をするわけでもなく、昼休みには東棟の空き教室に行って、一人で飯を食って、別に血なんて吸われることなく、誰かさんを傷つけることもなく、ああ、でも、体調不良はないから、その分快適で、いつも通りの退屈な日常だ。今までと何ら変わりない、色のない日常だ。好きでも嫌いでもない、俺の普通。旭日と出会う前の……普通の日常だ。

そうして、気づけば帰りのホームルームが終わり、自転車を引いて校門へ。

「おめでとうございますセンパイ！」

要らぬ情報と共に、お馴染みの後輩が飛び出して来た。

この前に引き続き、鳴坂の顔色が悪い気がする。コンシーラーで上手く隠しているが、目の下にもクマがあった。期末前に焦って勉強し始めるタイプには見えないけれど。

「よう、ストーカー女」

「可愛い後輩に酷い言いようですね!?」

「おめでとうって。誕生日はもう過ぎたぞ」

「もちろん〝狼男〟から解放されたことに関してですよ！　昨日は変な空気になりましたが、これはおめでたいことです！　長年苦しめられてきた不調がやっとなくなったんですよ！」

鳴坂はパンと両手を合わせて、笑顔で声を弾ませる。

「そう、だよな……喜ばしいことのはずだよな」

自転車を押して歩き出すと、鳴坂はとてとてと付いてくる。

「ですです。これで殺人衝動に怯えることなく、平和な学校生活が楽しめますね！　これまでの分も色々楽しみましょう！　可愛い後輩の鳴坂ちゃんも手伝いますよ！」

鳴坂はご機嫌に大きく両手を振りながら歩く。気づけば、通学用のリュックは自転車籠の中へ置かれていた。ちゃっかりしてやがる。

「あ、お祝いで何か奢ってあげましょうか！」

「いらねえよ」

「じゃあ、センパイが奢ってください！」

「それはおかしいだろ」

呆れて鳴坂を見ると、からからと笑っていた。

そして、しばらく無言で歩く。俺は普通に帰宅ルートを辿っているのだが、鳴坂はどこまで付いてくるつもりだろうか。コイツがどの辺りに住んでいるのかはよく知らない。

下りの道を歩いて、片側二車線の大きな通りに出る。目の前の信号を渡れば、七飛橋商店街が始まり、商店街をしばらく進めば、高校の最寄り駅の月上駅が見えてくる。

点滅する青の歩行者信号を見て、鳴坂は立ち止まった。

「これで、私への罪悪感も覚えなくていいですね」

「……気づいてたのか」

「そりゃもう。じゃなかったら、可愛い可愛い鳴坂ちゃんになびかない理由に説明がつきませんから！」

「その自己肯定感の高さは羨ましいわ」

「そうですね、センパイは特に見習った方がいいですね」

仕方ないだろ、肯定できる自己がないんだから。

「でも、旭日センパイには罪悪感がありますか？」

俺が旭日と交流を持つようになったのは、互いにK—ウイルスを持っていたから。その不調を解消するのに都合が良かったから。俺は殺人衝動を解消することで、少しでも普通の生活ができるのではないかと期待をした。俺には結局旭日の真意がわからなかったけれど、彼女にも望むものはあったように思う。

そんな中、俺だけ〝狼男(おおかみおとこ)〟がなくなり、旭日が用済みになった。

「でも、一緒に居た理由が利害関係なら、センパイが気に病む必要はないと思うんです。旭日センパイが今のセンパイの立場なら、気にしなかったと思いますよ」

「そうかもな」

そうなった時、あっさりと契約を解除する旭日は容易に想像がついた。どちらにせよ、吸血行為は俺が痛みを我慢すれば成り立つが、殺人衝動の解消はどうしようが不可能だ。

もし、俺がそっち側だったら、どうするかな。

「そしたら、ちょっと悲しいかもな」

でも、結局よくわからないのだ。

俺は、旭日が考えていることを、彼女の望みを、最初から今まで理解できていなかった。

「ねえ、センパイ。平等であることが、そんなに重要ですか？　他人から何かを受け取ろうとした時、同じだけのものを差し出さなくてはいけませんか？」

「……さあ、みんな不安なんじゃねえの」

「自分だけ損をしたくない、と」

「どっちも、かな。貰い過ぎても多分、キツイだろ」

「センパイ、自分がコントロールできるのは、自分の感情だけですよ。少しでも不安があるなら、自分の中の一片も他人に渡しちゃいけないと思うんです。ゼロか百かです。たとえ、全てが無駄になって、自分が傷つくことになっても、一方的に何かを失うことになったとしても、それでもいいと思えた時に、自分の全てを預ければいいと思うんです」

「賢いやり方には思えないけどな」

「理屈と計算で語るなんて陳腐でしょ？」

浪漫で言えばそうなのかもしれないけれど、そう割り切れるものでもないですよ。

「本当の自分は、あなたにになら裏切られてもいいって相手にだけ見せるものです」

体ごとこちらに向けた鳴坂は、きゅっとカーディガンの袖を握っていた。

気づけば歩行者信号は青に変わっていて、周りの人々は向こう側へ歩き始める。俺たちは立ち止まったまま、動かない。俺たちだけが取り残されている。

「そりゃ、相当の覚悟が要りそうだ」

「でも、歩み寄るってそういうことじゃないですか？」

そう思えるのは、鳴坂が強いからだ。そこそこ器用な人間で、上手く立ち回るところと、感情的になってでも賭けに出るところとを見極められて……ほら、俺って人類初心者なんですよ。多分、旭日も。

「私、センパイになら、私の全てを預けられますよ」

制服の裾をちょんと摘まんで、上目遣いで俺の顔を覗き見する。

「俺……は、さ」

犬を殺した後、改めて鳴坂と会ってさ、話をしたんだ。

K―ウイルスのことを話すしかなくて、そしたら、鳴坂は理解を示してくれて、犬を殺す俺を見て恐怖していたのに、それでも味方で居てくれて、そんなものは勘違いしてしまいそうで、でも、その優しさが俺には重たくて、鳴坂が魅力的だと思えば思うほど、俺が隣に居るのは不幸であると突き付けられるようで、ずっと申し訳なさを感じていた。

もし、〝狼男〟がなくなったなら、もう少し鳴坂に歩み寄ってみようと思っていた。本当だ。

K—ウイルスがなくなった今、俺と鳴坂との間に壁はない。

だったら、何だというのか。

生まれた時から生きる意味が決まっていたとして、夢も欲望も望みも不変のモノだとすれば、悩みなんて抱くことはないだろうが、残念ながら人の想いとは己の意志とは無関係に移ろうモノだ。

それは一見不誠実に見えるけれど、それこそ、ごく自然なことなのではなかろうか。

「鳴坂に……」

鳴坂は手を離して、一歩分距離を取る。

穏やかな笑みを浮かべて、数瞬後、痛みに顔を歪めた。

「……っ、う」

額を押さえて、立ち眩みでも起こしたかのようにふらふらとする。

腕を伸ばして支えると、鳴坂はその腕に摑みかかるように体重を預けてきた。

「おい、鳴坂？　大丈夫か？」

「はは、テスト前で根詰め過ぎましたかね」

鳴坂は俺の腕を掴み、顔を上げる。掴まれた腕が、じんと痛む。コイツ、こんな力強かったのか。それか、そうでもしないと立っているのもキツイほどなのか。

「すみません、今日はもう帰りますね」

自転車籠から通学リュックを取り出すと、「家、こっちなので」と交差点の右側を指した。

「さすがに送ってくぞ」

「それは嬉しいですけど、今日は遠慮しておきます。家すぐ近くですし」

捲し立てるように言うと、鳴坂は逃げるように駆け出した。

「おい、鳴坂！」

呼びかけに、ふと足を止めた。

振り返った鳴坂は、体調の悪さを押し殺して、精一杯の笑みを浮かべる。

「キス！　なかったことにしないでくださいね！　私、本気ですから！」

人目も憚らずそう叫ぶと、鳴坂は背を向けて走って行ってしまった。

鳴坂の背中は徐々に小さくなって、人込みに紛れて見えなくなって、ふと横を見れば、歩行者信号は再び赤色に変わっていた。

自転車で七飛橋商店街を突っ切り、しばらく真っすぐ進んで、月下駅の手前で右手に曲がる。鳴坂と別れた交差点から、約七分程度で家に到着した。鍵を差し入れ、ドアノブを捻るも……開かない。今朝、鍵をかけるのを忘れたのだろうか。

そう思い、もう一度鍵を使い、玄関のドアを開ける。

すると、ご機嫌な鼻歌が流れ込んできた。

不審者の存在が過ったのも一瞬のこと。これはあれだ、不審妹だ。

「あ、お兄。お帰り～」

制服姿の心都はベッドの上に寝そべり、スマートフォンを弄っていた。枕元にはスナック菓子が広げられており、指が汚れないように箸まで用意されていた。くつろぎ過ぎだろ。

「来るときは連絡しろって言ったよな」

「しましー……てません！」

「あ？」

「忘れまちた！　そういう時もあるよね。困った妹ちゃんだぜ！」

体を起こし、ベッドの上で女の子座りをした心都は、てへ☆　とわざとらしく首を傾げた。そのまま百八十度回してやろうか。ていうか、ベッドの上で食うなよ。

「お前、そういう時ばっかかじゃねえか。鍵開いてたのか？」

「んー？　そうそう。不用心なお兄の代わりに、この家を守護していたのだ！　感謝せよ！」

「はいはい。ありがと、ありがと」

「あ、日持ちしそうなオカズも持って来たので、それも重ねて感謝せよ！」

「それに関しては、心からありがとう」

「うむ。よろしい」

通学リュックをクローゼットに突っ込んで、洗面所へ。手洗いうがいをして、水を一杯飲む。制服を脱いで、ハンガーに掛け、クローゼットに仕舞(しま)った。

心都は再びベッドに寝そべると、スマートフォンに視線を落とした。ショート動画でも見ているのか、目まぐるしく変わるリズム、音、声が耳に入ってくる。

「お兄、あたしは悲しいです」

「あ？」

「冷蔵庫の中、もう少しどうにかした方がいいと思います。シラスあんなに要らなくない？　ていうか、冷蔵庫小さいし。持って来たご飯、詰めるの大変だったんだからねー！」

「大きさはどうにもならねえよ。備え付けのだし」

「反論できるとこだけ、ピンポイントに返してくるな！」

部屋着のジャージに着替え、リュックから数学の問題集とペンケースを取り出す。

ローテーブルに問題集を広げて、勉強を始める……が、集中できそうにない。

心都は気を遣って、スピーカーからイヤホンに切り替えてくれた。いや、その気が遣えるなら、帰れよと言いたいが……そう言われないために、イヤホンを使ったのか。

——私に同情していたの？　それで血を吸わせていたの？

空き教室を出て行く時の、旭日の寂しそうな顔が脳裏にこびりついて離れてくれない。カビくらいしつこく離れてくれない。カビレベルの侵食力で脳内を汚染してきやがる。血を吸う時に、何か細菌みたいなものを流し込まれていたのかもしれない。あー、バカらし。

「ねえ、お兄」

ベッドに寝転んだ心都は、イヤホンを外してこちらを見てくる。

「勉強中」

「さっきから、ペン動いてないじゃん。わざとらしくため息ばっか吐いちゃってさ」

心都は体を起こし、壁に寄りかかる。

「もしかして、零さんと喧嘩したとか⁉」

「なんで、旭日限定なんだよ」

「え、お兄、学校に零さん以外の知り合いいるの？」

もちろん、いないことはない。ないが……自信を持っている、と言える数でもないし、四捨五入をしたらゼロなのは間違いないので、どちらかといえばいないよりかもしれない。

「どうせ、お兄が悪いんだから、先に謝った方がいいよー」

「だから、別に喧嘩とかではねえよ」

契約を結ぶ前、出会う前の関係に戻っただけ。

そう、いわばリセットだ。仲違いをしたわけではない。

「あ、やっぱり、原因は零さんなんだ」

「……うっぜえ」

「お兄に負けず劣らず、零さんも不器用そうだし……相談乗ってあげようか。愛しのお兄のために！」

心都は「本当はこの前できなかった話をしたかったけど……こっちが優先だよね」と神妙に呟く。心なしか瞳は輝いている。完全に楽しんでやがる。

「別に相談できることなんてねえよ。自分でも何が望みかよくわからないくらいだし」

K－ウイルスに悩まされてきたこれまでの自分。

鳴坂はずっと気にかけてくれていて、K－ウイルスを取り除こうと協力してくれた。

俺は〝狼男〟がなくなれば幸せになれると漠然と思っていた。

でも、それは〝狼男〟はなくなることはないと半ば諦めていたからに他ならない。

旭日に契約を持ち掛けられ、俺は殺人衝動に折り合いをつけることができた。

旭日に罪悪感を抱くことになったが、旭日は苦しんでいるようでもなくて、その気持ちの置き場もわからなくなった。

殺人衝動を解消する快楽と、人を傷つけていることへの罪悪感の間で揺れる。

〝狼男〟がなくなっても手放しに喜べないのは、相反する望みが芽生えたからだろうか。

鳴坂には、どう向き合うのが正解だろうか。

理屈で全てが決まるならば、それほど楽なことはないのに、どうにも人間は思っていたよりも感情的な生き物らしい。

「お兄は、昔から物事を難しく考える節があるからなぁ」

「答えがわからなくなったんだ。迷った時にどちらを選べばいいのか……わからないのは、俺に絶対的な芯がないからなんだろうな」

「うーん、そんなのある方が珍しいと思うよ」

旭日は自分の望みを心得ているようだった。

鳴坂も迷っている様子など微塵もなく、まっすぐにぶつかってくる。

俺はどうだ。結局、どうしたいのだ。何が望みだ。俺の存在が誰かを傷つけるとして、俺が誰かを救えるとして、その差し引きはゼロになり得るだろうか。

「あたしはねー、迷った時は直感を大事にしているよ」

「直感？」

「ほら、テストの見直ししててさ、自信なくなって答えを何度か変えるんだけど、結局最初に書いたのが合ってた！　なんてことない？」

「……あるな」

「でしょ！　そう、それだよ。理屈じゃないんだよ！　人間、案外直感で選んだモノが最適解だったりするモノなのです」

特にお兄みたいに考え過ぎちゃう人にはね！　なんて言って、心都は中身の無くなったスナック菓子の袋を折り畳んで、ゴミ箱に捨てた。

「……俺の直感、当てになるかなあ」

「なるよ。初めは直感、理屈はその上に積み上げるがいいさ」

結局、心都に話を聞いて貰ってしまった。

「ありがとな、心都。少し考えてみるよ」

「全く、手のかかるお兄だ」

心都は立ち上がり、大きく伸びをする。ベッドに放ってあった、自分の通学リュックをしょい込んだ。

「これ以上遅くなると、お母さんうるさいし、あたし帰るよ。一人で大丈夫？　寂しくなったら、電話してきてね」

「しねえわ。お前は親か！」

「いいえ、誇り高き妹です！」

「知ってるわ！　てか、今日も俺が呼んだわけじゃねえ」

「お？　そんな口を利ける立場か？　ダメお兄！　めちゃくちゃ感謝しろよ！　この兄想

いのプリティな妹様に！」

　定期的に料理を届けに来てくれて、悩みまで聞いてくれちゃって、その上色々気を遣われて、いや、本当に頭が上がらない。兄の威厳とかない。だが、兄が反面教師となることによって、このスーパー優秀妹が爆誕したとも考えられる。虚し……。

「ありがとう。たまには、兄らしいことができるように頑張るよ」

「うーん、それに関しては、割と十分してもらってるかなー」

　いや、マジで全く覚えがねえな……こんなとこまで気ぃ遣われてんの、俺。

　玄関まで移動した心都は、スニーカーに足を入れ、リュックを背負い直す。

「あ、何か食べたいものがあったらリクエストしてね」

「送るぞ」

　スマートフォンだけ持って玄関まで行き、家の鍵を手に取る。

「ううん。お父さんが車で近くまで来てるみたい」

　が、心都に制止されてしまった。

　久しぶりにお父さんと会ってく？　と聞かれたが、静かに首を横に振った。心都は、予想通りの反応だったようで、「そうだよね」とだけ言って、会話を打ち切る。

　玄関のドアを開けると、もわっと蒸し暑い空気が流れ込んでくる。外はすっかり暗くなっていて、点々と星が輝き始めていた。もう、七月。夏がやってきた。

「おやすみ、お兄」

「ああ、おやすみ」


次の日。

当然、旭日は俺の前の席にいる。

当然、机に突っ伏して眠っていて。

当然、教室で話しかけてもまともに取り合ってなど貰えない。

K―ウイルスから解放され、殺人衝動に悩まされることもなく、体調が悪くなることもなく、体は軽い。かつて、俺が望んでいた状態にある。

しかし、旭日と出会ってしまったことで、俺の中の何かが変わったのだ。

それを確かめないままでは、きっと俺は前に進むことはできないだろう。

昼休みになると、旭日は席を立ってふらふらと、教室を後にする。

どこに向かったか、その心当たりはある。

しばらくして、俺はその心当たりへ向かった。教室を出て、階段を上る。徐々に喧騒(けんそう)から切り離されていき、階段を上り切った最奥には錆(さ)びた鉄扉が構えられていた。

屋上へ続くこの扉は、普段は施錠されているのだが、旭日は鍵を持っている。ドアノブを捻ると、キィと音を立てて、あっさりと扉は開いた。

屋上の出入り口のすぐ横の日陰で、旭日は三角座りをしていた。

こちらに見向きもせず、輸血パックをチビチビと吸っている。あれが病院から支給されているとは言っていたものか。初めて見た。輸血パックが不味（まず）いのか、太陽が忌々しいのか不機嫌そうな表情を浮かべていた。

「よう、旭日。話をしようぜ」

「死ね」

こちらを見向きもせず。暴言。

初手で相手の死を願うのがやべえことくらいは、コミュ障の俺でもわかる。

「一つ、もし、どちらかの異常がなくなった場合、この契約は破棄すること」

「んだよ、急に」

「あなたは、この契約を守らなかった」

「そりゃ、悪かったと思ってるけど……」

「思ってない」

「別に、旭日に不利益がないんだからいいだろ」

旭日は変わらず血を吸えた。割を食うのは、激痛を伴う俺の方だけだ。

「ほら、思ってない」

「……旭日、お前の望みはなんだ？」

旭日は輸血パックを飲み干して、初めて俺の方を向いた。

見上げて、ジッと見る。

「どうして、私に構うの」

俺の質問に答えることなく、質問を重ねてくる。

「〝狼男〟がなくなった。殺人衝動を解消する必要がなくなった。普通の生活が送れる。今なら何でもできる。ねえ、私はもういらないでしょ。それがあなたの望みだったのでしょう？」

「いや、いるいらねえの話じゃねえだろ。別に今までの関係を完全にリセットする必要ねえし、俺のでK―ウイルスはなくせるって証明にもなったし、何だったら協力するし……」

「いつ、私がなくしたいと言ったの」

「言ってねえけど……選択肢の一つっていうか」

「ふらふらしてるだけのあなたと違って、私は自分の望みを心得ているのよ」

知ってるよ、だからって、いきなり契約破棄してさようならは違うだろ。

同じK―ウイルスで、望みは違ったのかもしれないけれど、きっとK―ウイルスを持つ者同士でしかわかり合えない部分もあったはずで……少しは特別な仲だったたって思う。

ああ、そっか。旭日と話して少しずつ自分が紐解かれてきたかもしれない。

「私には、あなたが何を考えているのかわからないわ」

旭日はゆっくりと立ち上がって、氷柱のような視線を突き刺す。

「あなたがどうしたいのかわからない」

まだ、その答えは出ていない。

けれど、嘘偽りのない言葉を一つ言うとしたら。

「俺は、旭日に憧れてたんだ」

それは否定することができない、する必要のない想いの一つだった。

口にして初めて、どうしてこんなにも苛立たしいと思っていたのか理解できた。

「俺はずっとK—ウイルスを恨めしいと思って生きて来たんだ。これがなければ、幸せになれると思っていた。心のどこかで、それはただの現実逃避だともわかっていた。でも諦めきれずに、半端な望みを抱いて……そんな時、旭日が言うんだ。〝吸血鬼〟も含めて自分だって！」

そんなのはカッコいいと思ってしまうじゃないか。

「俺を導いてくれるような気がしたんだ」

〝狼男〟ごと受け入れてあげるなんて、初めて言われたんだ。

「止まっていた時間が動き出した気さえした。少しずつ自分の価値観が組み変わっていく気がして、悩みもあったけど、多分、イヤじゃなかったんだ」

ああ、そうか。

旭日より、余程自分勝手だな、俺は。

「初めて、本当の意味で他人に受け入れられたような気がしたんだ」

認めよう。己の望みなどという大層なモノの正体はわからず、しかし、旭日が遠くに行ってしまうのは、いささか寂しい。

「あなたには他にいるじゃない」

旭日はぎゅっと拳を握って、俯きながら、呟く。

「気にかけてくれて、K―ウイルスのことも知っていて、明るくて、優しい後輩がいるじゃない」

絞り出すように、体を震わせて言葉を紡ぐ。

「理解してくれる妹がいるじゃない……っ」

「それは……でも」

「ズルい」

まるで駄々(だだ)を捏(こ)ねる子供のように、それは混じりっ気のない旭日の本音のように思えた。

「私は一人だった。誰も理解なんてしてくれなかった。腫れ物のように扱われるか、怖がられるか、誰も対等になんて接してくれなかった！　そんなこと、望めるわけもなかった！」

「でも、友達なら作ろうとすりゃ、作れただろ」

「言ったじゃない、友達が欲しいわけじゃないのよ」

旭日は、何かを諦めたように力なく笑った。

「私は、私の〝吸血鬼〟ごと受け入れて欲しかったの」

胸元で両手を握った旭日は、初めて己の望みを明確に口にした。

そうか、俺は愚か者だ。どうして気づくことができなかったのか。

あの夜、公園で旭日が俺に与えてくれようとしていたモノこそ、願いの答えだった。

俺を肯定してくれた旭日は、同じように、誰よりもそれが欲しかったのだ。

「バケモノを見るかのように、私を恐れる母の顔が忘れられないの。友達ができても、〝吸血鬼〟だなんて話したら、怖がられるに決まってる。たとえ、受け入れてくれたとしても、そんなの信じられる？」

「……無理、だな」

「そうよ。きっとすごく気を遣われているし、私も気を遣っている。いつ途切れるかもわからない。いつ裏切られるかもわからない。いつ傷つけてしまうかもわからない。そんなの、対等じゃない」

俺は、旭日を強くて、美しい、完璧な女の子だと思っていた。

己の望みを心得ていることは、強さに他ならないと信じて疑わなかった。

旭日は、何より最初に己の弱さについて知っていたのだ。

「犬を殺すあなたの姿に惹かれた。二年生のクラス替えで、再びあなたと出会った。鎌倉先生からあなたの〝狼男〟のことを聞いて、運命だと思った」

「あの日、教室で俺の血を吸ったのは、殺されたのは、偶然じゃなかったのか？」

「それは偶然よ。あなたが教室に来ることなんて知りようがないじゃない」

「いつか、この契約を持ち掛けようとは思っていたのか？」

「そうね。でも、あなたは、もう〝狼男〟じゃないわ」

「……っ」

「私が、勝手にあなたに期待していたの。期待を押し付けていた」

旭日は俺よりよっぽど強い女の子だと思っていたから、俺が思い悩んでいたのはいつでも自分のことばかりで、考えているふりをして、旭日のことなんて何も、何も……。

俺は旭日を裏切った。

資格を失ったのだ。

旭日と対等に話をするための資格を。

「八つ当たりだってわかっているわ。あなただって苦しんでいるって、そんなのわかってる。本当は言いたくなかった。だから、距離を取ったの」

旭日は、俺を避けて屋上の扉を開ける。

「さよなら」

　はっきりと拒絶を示すように、扉を閉めて屋上を後にした。

「……っ、待てよ」

　俺は反射的に旭日を追いかける。乱暴に扉を開け放ち、階段を降り始める彼女の腕を掴んだ。彼女の腕は細く、殺人衝動などなくとも、簡単に折れてしまいそうだ。

「離して」

「離したら逃げんだろ」

「叫ぶわよ」

「こんなとこ、誰も来ねえよ」

「あなた、その面で言動まで犯罪者のそれとなると、もう救いようがないわね」

　旭日は、俺の手を振り払おうと乱暴に腕を引いた。

　それがよくなかった。

「――ぁ」

　旭日は体勢を崩し、脚を踏み外す。

　階段の上でよろける旭日の動転した顔がやけに鮮明に映る。

　ぶわっと手に汗が滲(にじ)み、全身に緊張感が走る。

「クソがッ」

慌てて旭日の手を引き寄せる。そのまま旭日を引き上げられればよかったのだが、そう上手くはいかず、浮遊感を覚える。咄嗟に旭日を抱き寄せ、来たる衝撃に備えて体を強張らせた。どちらが上だか下だかもわからず、ただ鈍い痛みに襲われる。

「くぅ……っ」

体中があちこちに叩きつけられながら、階段を転がり、やがて止まった。

あークソ痛い。普通の人類でも、ここまでの痛みを感じることは少ないのではなかろうか。今までの分を取り戻そうとしているのですか？　そういうのいらないですよ。マジで。

全身が鈍く痛むが、頭は無事だし、血も出ていない。

腕の中の旭日が、ゆっくりと体を起こすと、俺に馬乗りになる形となった。

「どうして、私を助けたの」

「助けたってか、落ちたの割と俺のせいだろ」

さすがに、これで俺に感謝しろよ、なんて言うほど腐ってはいない。

「階段から落ちたくらいの傷、すぐに治るわ」

「……忘れてた」

たしかに、腹を裂かれる方がよっぽど重傷だ。

「……なにそれ、本当に何なの。あなたは」

「咄嗟にそんなこと考えてられねえだろ」

彼女の瞳には、じわりじわと涙が浮かんでいった。

何がきっかけとなったのかはわからない。

ずっと押し殺していた感情がこの衝撃で決壊してしまったかのように。ぽろぽろと涙を流す。旭日の意に反して、勝手に流れ出ているようで、旭日は驚いて涙を拭った。

「……う、あ——っ」

零れた涙が、俺の頬を濡らす。

旭日の話を聞いたからだろうか、目の前の女の子は酷く弱くて傲慢にも自分が守ってあげなくてはいけないんだと、そう思わされてしまった。

「なあ、旭日。お前の望みはなんだ？」

再度。聞く。

旭日は涙を拭い、口を開いて、上手く言葉が出ず……ようやく吐き出した。

「わだ、私は、私の全てを受け入れてくれる一人が居れば、それでよかった」

彼女らしくない、酷く感情的な調子で、熱の籠った言葉を続ける。

「K—ウイルスがなくなって、運動とかもできて、日傘なんて持たず太陽の下を歩けて、みんなと同じように学校生活が送れて、友達がたくさんできて……なんて、そんなの心の底から興味がない」

そうだ、旭日と契約を結んだ日。

俺は旭日に聞いたのだ。

普通の生活がしたいのか？　と。

「私は特別になりたいの！」

そしたら、あの日も同じように答えた。

「気を遣って、遣われて誰かの隣になんていたくない。別に誰に嫌われてもいい。家族に受け入れて貰えなくてもいい。気持ち悪いと、恐ろしいと、異常だと罵られてもいい。その代わり――たった一人に、私の全てを受け入れて欲しかった」

あの時は、その真意はわからなかったが、今なら痛いほどわかってしまう。

「その一人の特別になりたい。そうしたら、私はきっと生きていけるわ」

それは、絶対的な存在でなくてはならない。

何かの拍子で他の誰かでも代替できてしまうような、その程度の関係では成り立たない。

「有町君の〝狼男〟を聞いた時、運命だと思った。だって、あなたは絶対に私じゃなければいけないもの。私の役目は他の誰も代われない。私には〝狼男〟のあなたが必要だし、あなたには〝吸血鬼〟の私が必要だった」

「そういう状態になれば、旭日の理想だった」

だから、俺の殺人衝動を受け入れようとした。

「そうよ。でも、あなたは普通に憧れているなんて面白みのないことを言うの。自分ばかり責めて、生きづらそうで、だから……少し、自分とあなたを重ねていたのかもしれない」

「俺が殺人衝動の快楽に溺れてしまって、旭日なしでは生きていけなくなればよかった」

最初は、例えば強靭な精神力と特別性を携えたヒロインとの出会いのように思っていたけれど、旭日は理解の及ばない人外少女なのではなく、ただの女の子だった。

ミステリアスで、クールで、変わり者で、冷たくて、美人で。

臆病な女の子。

「ちょっとやそっとで揺れてしまうような関係、私は信じられない。有町君は、絶対に私じゃなければいけない。だから、信用できたの」

旭日がそこまで俺に執着しているとは思わなかったんだ。

〝狼男〟の俺を受け入れてくれたというより、〝狼男〟の俺こそが望まれていたのか。

「でも、あなたはなくなってしまった」

旭日は立ち上がり、制服の埃を払う。

「――裏切り者」

はい。そうです、裏切り者です。

自分の望みもわからず、旭日の気持ちにも気づけず、その価値もわからず、ふらふら流されていただけの、愚か者です。どうして、こんなにもバカなのですか。そうですね、今までまともに人と関わってこなかった有町君は、こんなものでしょう。笑えねえ。

「さようなら、普通の有町君」

旭日は、そう言い残して去っていく。

俺は階段の踊り場で大の字になったまま、起き上がれそうになかった。

ああ、こんなことなら、K―ウイルスなんて大事にとっておければよかった。

俺は普通で、普通に小心者だから、別に本人がいいと言うからと衝動に身を任せて旭日を傷つけていいだなんて思えない。少なくとも、今はまだ無理だ。

でも、何となくで望んでいた曖昧な普通なんてモノには興味がなくて。

「簡単だ……心都の言った通りだった」

もし、一番大事なものが何かと問われれば、やっぱり直感でわかっていたのだろう。

それ以降の思考なんて全て後付けに過ぎなかった。

旭日を傷つけてしまうことの罪悪感とか、鳴坂の隣に居ることで発生する罪悪感とか、〝狼男〟による倦怠感とか、無痛による孤独感とか、俺が憧れていた普通の生活とか、それが実は現実逃避でしかなかったこととか、〝狼男〟がなくなっても手放しで喜べなかったこととか、痛みを我慢してまで旭日との契約を続けたこととか、全部、全部、直感の上に積み重なった後付けの思考で、何より大事なのは――。

「俺は、ただ心底旭日に惹かれていたんだ」

夜の教室で旭日と出会った。

ここで終わってもいいという覚悟で殺人衝動に任せて旭日の腹を貫いた。

月明りに照らされる真っ赤になった吸血鬼の少女は絵画のように美しかった。

だから、やはり俺もズレてはいて、旭日との出会いは運命だったのだ。

2

俺は〝狼男〟を失った。

だが、肝心なことがわかっていない。

どうして？　なぜ、いきなりなくなってしまったのか。きっかけらしい出来事は何もなかった。薬だって飲んでいないし、精神的に特別な変化はなかったと思う。時間経過でなくなるものだとしたらお手上げだが……もし、そうじゃないとしたら。

また、もう一度資格を手にすることができるとしたら。

たとえ、どれだけの時間がかかっても、取り戻すことができたなら。

そのヒントなら、手を伸ばせば届くところにずっとあった。

「よし……っ」

踊り場で大の字になっていた俺は、勢いをつけてばね人形のように起き上がる。

転がるように階段を駆け下りた。全速力で。すれ違う生徒のぎょっとした顔。殺人衝動なんて、もうないのに体が熱い。じゃあ、これはなんだ。この衝動の名前はなんだ。

体の内側から湧き上がるような、この全能感はなんだ。

一階へ降りて、まっすぐ職員室へ向かう。

「鎌倉先生はいますか！」

ドアを開け放つと共に、叫んだ。

職員室内を見回して、すぐに蛍光色のピンク色のジャージが目に入った。中央のデスクで弁当を広げる鎌倉先生は、心底不機嫌そうな顔でこちらを見る。

「まずは、学年クラス名前に用件を名乗れ。問題児」

よかった、すぐに見つかって。

俺は真っすぐ、早足で、鎌倉先生の下へ向かった。

「聞こえなかったのか？　学年クラス名前に用件を――」

「先生のK―ウイルスがなくなった時のことを教えてください。何をしてなくなったんすか！　それとも、特別な条件なんて何もないんですか？」

言葉を遮られた鎌倉先生は、苛立（いらだ）つと言うより、驚いていた。

手作りのものか、弁当の上に箸を置いて、こちらに向き直る。

「お前、まさかなくなったのか」

ジッと、俺を見つめるのは、体調を見極めようとしているのか。確かに、以前に比べたら、顔色も良くなっているかもしれない。

「……教えてください」

「質問に答えろ。なくなったんだな」

「……はい。でも、何も特別なことはしてないっすよ」

「お前も隅に置けないな」

「……は？」

「聞いてどうする。やっとなくなったんだ。それでいいじゃないか。嬉しくないのか？」

「嬉しいけど、今の俺はそれを望んでいません」

俺の答えに鎌倉先生が驚いた様子はなく、短くため息を吐いた。

「知ってどうする」

「できれば、取り戻したい。何年かかったとしても」

「……旭日か」

旭日の名前が出たのは驚いたが、旭日は俺の〝狼男〟を鎌倉先生から聞いたと言っていた。何をどこまで知っているかはわからないが、鎌倉先生も元、Ｋ－ウイルス保持者だ。契約のことまでは知らないだろうが……いや、思い至っている可能性もあるのだろうか。

脚を組んだ鎌倉先生は、何やら考え込むように口元に手を当てている。

そして、ふと視線を上げ、一瞬、驚いたように目を見開いた。

「お前、そんな顔もするんだな」

「今、どんな顔してます？」

「バカな高校生みたいな面だ」

「今までとあんま変わんないんじゃ……」

「今までは、愚かな世捨て人みたいな面をしていた」

「ひっでえすね」

別に世を捨てていたつもりはないが……というか、バカな高校生のが嫌な気持ちになるな。違いなんてわからないが、響きが嫌だ。

「はあ……まず、第一にK―ウイルスが消えることはない」

鎌倉先生は大きくため息を吐き、観念したように口を開く。

「でも、先生はなくなったって」

「話は最後まで聞け。消滅はしない。が、移る。風邪は人に移すと治るなんて言うだろう？あれは迷信だが、ことK―ウイルスにおいてはそうでもなくてな。もし、お前がそうじゃなくなったのだとしたら、その分、移った誰かが〝狼男〟にかかっているのだろう」

「……は？　そんなファンタジーみたいなこと――っ」

「元々、K―ウイルスなんてファンタジーじみているじゃないか」

「それは、そうですけど……っ」

いや、待てよ。

俺のＫ―ウイルスは消滅したわけではなく、他人に移った。俺の中から、次の誰かの中にお引越し。何年かかっても、もう一度〝狼男〟になってやろうだなんて思ったが、近くにあるのか。消えてなくなったわけじゃないのか。

願ってもない。これは朗報じゃないか。

しかも、移るなんて性質は、あまりにもお誂え向きではなかろうか。

いや、だからこそ鎌倉先生の叔父だという研究者は、これをウイルスと呼んだのか。

「気づいたか、有町」

「移るって俺の近くに居たら、誰でもそのリスクがあるってことですか」

誰だ？　俺の近くにいた人物。

妹の心都か？　よく俺の家に来ているし、家族である分距離も近く、過ごした時間も一番長い。

定期的にちょっかいをかけてくる鳴坂か？　最近は一緒にいることも多かったし、ありえなくはない。

だが、一番疑わしいのは旭日だろうか。血を吸われ、腹を裂いた。その行為の中の何かがトリガーとなった可能性は高いのではなかろうか。と、なると旭日はＫ―ウイルスの二つ持ち？　なんと言っても、接触度で言えば、ダントツで旭日が怪しい。

「近くにいるだけで移るなら、何年もお前が持っているのは不自然だろう」

「たし、かに……」

そうだ、俺は約七年間、〝狼男〟に苦しめられてきた。旭日だって、小学生の頃から〝吸血鬼〟だと言っていたし、そう簡単に移るものでもないのか。

「何か、特殊な条件がある……？」

それこそ、ファンタジーめいているが、これは普通の病気ではないのだ。

何より元Kーウイルス保持者である先生の談は、どんな専門家の話よりも信憑性(しんぴょうせい)がある。


「――粘膜接触だ」


鎌倉先生は人差し指を唇にやって、言った。

「ある程度の、信頼関係がある相手に限るようだがな」

粘膜接触、粘膜、ねん、まく……つまり、キスか？

その瞬間、体中に電撃が走ったように全てが繋(つな)がった。

言い表しようのない違和感。サインはいくつもあった。それに気づけなかったのは、俺の責任だ。あまりにも、自分のことでいっぱいいっぱいで……そうか、言われてみれば彼女しかいないじゃないか。

弾かれたように、全速力で走り出す。

「おい！　有町！」

職員室を出て、第二棟へ入り、階段を駆け上る。

俺の〝狼男〟が移ってから、今日で五日目。

五日間、殺人衝動が現れないなんてことはまず、ありえない。

思い返せば、体調が悪そうにしていたし、既に何度か現れていたのだ。ただ、何とか抑え込んでいた。その兆候はあった。目の下にクマができていて、力だって異常に強かった。

そこで、違和感を覚えるべきだった。

走る。走れ。今日何度目だよ、全速力。

まだ何事も起きてくれるなよ。

「鳴坂――――ッ!!」

第二棟の二階。一年C組。

鳴坂のいる教室のドアを勢いよく開き、声を荒らげる。

冷静に考えれば、鳴坂が教室にいない可能性も、何なら教室を間違っている可能性もあった。しかし、そんな些事が脳裏を過る前に、彼女の姿は探すまでもなく、教室の一番目立つところにあった。

大きな人だかりの、その中心。

「これ、先生呼んだ方がいいんじゃ……」「何があったの？」「鈴凪ちゃん、とりあえず落ち着こう、ね？」「ちょっと様子変じゃね？」

ざわりわざと、どよめく野次馬。

中心の鳴坂は一人の女子生徒を組み敷いて、何かを耐えるように体を震わせていた。

少し遅かった。

最悪の事態に間に合わなかった。

「鳴坂……っ」

戸惑う生徒たちの視線は一斉に俺に注がれ、組み敷かれた女子生徒の怯えた表情と、苦しそうに歯を食いしばる鳴坂の表情が鮮明に視界に飛び込んでくる。

何があったのか想像できる。俺に限っては、その原因まで正確に。

俺から〝狼男〟を移された鳴坂は、殺人衝動に襲われた。

そして、耐えられなかったのだ。

いいや、耐えたからこの程度の騒ぎで収まっているのか。

まだ、女子生徒を組み敷いた段階で、怪我人は出ていない。

「………センパイ」

鳴坂は、俺を見ると、涙ぐみ唇を噛みしめた。

辛いよな、大変だよな、その誘惑に打ち勝つのは。わかるよ。

「センパイ……わた、し」

そして、縋るように震える手を俺の方へ伸ばし。

ふと全身から力を抜き、その場に倒れた。

「鳴坂!!」

野次馬を突っ切って、慌てて鳴坂に駆け寄る。

まだ、〝狼男〟になって五日程度。それで、コントロールなんてできるわけがないのだ。

呼吸はある。重度のストレスから意識を失ったと考えるのが妥当だろうか。

クソ、俺がもっと早く気づくべきだった。

鳴坂が、俺のK―ウイルスが消滅したと思ったのも、自分に移ったからだったのか。鳴坂自身も半信半疑だったろうが、あの時の俺の反応で、それを確信した。

そして、隠し通そうとした。

何のためか、なんて聞くまでもない。

「ふざけやがって……っ」

鳴坂をお姫様抱っこして、保健室まで連れて行った。

鳴坂をベッドに寝かせ、養護教諭に事情を話す。まさかK―ウイルスのことを話すわけにはいかないし、大事にもしたくない。急に倒れたのだと、当たり障りのない説明をした。

途中、五限開始のチャイムが鳴った。

「二年の有町くんだっけ～？　ありがとう。とりあえず、教室戻って授業受けてこよっか。チャイムは鳴っちゃったけど、まだ間に合うでしょ」

「すみません、しばらくここに居ていいですか？」

「さては、サボりだな」

若い養護教諭は、おどけるように言った。

「彼女、精神的にも不安定だと思うので、目を覚ました時に知ってるヤツが居た方がいいと思うんです」

あくまで真剣に返す俺を見て、養護教諭は気まずそうに頬を掻く。

「んー、私もちょっと、ここ空けないといけないし、ちょうどいいか」

「ありがとうございます」

「あ、保健室で変なことしちゃダメだからね」

「しませんよ」

「何かあったら、職員室に来てね！」

「うす。わかりました」

そう言うと、養護教諭は荷物をまとめて保健室を後にした。

鳴坂が眠るベッドの隣、丸椅子に腰を掛ける。

時折、苦しそうに身じろぎする鳴坂を静かに見守る。

消毒の匂いがするこの部屋で、長い時間をかけて覚悟を決める。

旭日の言葉で己の望みが何であるかを心得た。

後は、そのために必要なプロセスを踏むだけだ。たとえ、誰を傷つけようとも、何を犠牲にしようとも、周りのどれだけの人間から嫌悪されようとも、だって、一番とはそういうことだろう?

彼女と対等に話すためには、俺は全てを捨てなくてはならない。

鳴坂も言っていた。

全てを失う覚悟がないなら、自分の一片も他人に預けてはいけないのだ、と。

でも、全てを失ってでも、叶(かな)えたい想(おも)いがあるのだとしたら、それだけで、もう怖いモノなどなかった。本当に大切なものは失ってから気づくのですよ。だから、失ったら取り戻せばいいのだ。それは、以前よりよっぽど価値のあるものだから。


「……センパイ?」

そして、ちょうど六限終了のチャイムが鳴る頃に鳴坂は目を覚ました。

記憶を探るように額を押さえ、ゆっくりと体を起こす。

「あ、そうだ、私っ……どうしても我慢できなくて……」

「体調はどうだ？」

「はい、それは……大丈夫です」

鳴坂は布団を強く握って俯き、しばらくして、はっと顔を上げた。

「怪我、怪我はなかったですか！」

「ああ。不安なら、もう一度先生に診て貰えば――」

「違います！　私じゃなくて、璃々ちゃ……私が襲った子は、どうなりましたか？」

「保健室に来なかったくらいだし、問題なかったんじゃねえの。少なくとも、俺が見た限りじゃ怪我はしてなかったぞ」

「そっか……なら、よかったです。怖い思いさせちゃったな……なんて説明したらいいんですかね。どうしたら、許して貰えますかね」

俯いた鳴坂の声は震えていて、唇を嚙んで涙をこらえていた。

「センパイは、ずっとこんな辛い思いをしてきたんですね」

K―ウイルス、タイプ〝狼男〟。

鳴坂は、殺人衝動に悩まされ、それを押し殺すことで発生する体調不良にも悩まされた。しばらくの間、吐き気がすごくて、頭の中はずっと靄が掛かったようで無性にイライラする。吐いてしまえれば楽になりそうなものだけれど、実際吐き出したいものなんて何もなくて、むせ返るような気持ち悪さが続くだけ。

「私、センパイのことを理解した気になって、全然わかってなかった。すごいですね、何年も、こんなの……私だったら耐えられない」

「いつ、気づいたんだ」

「四日前ですかね。痛みがないことは意外と気づかなかったんですけど、殺人衝動が来て、苦しくて、頑張って抑えて、その後はしばらく体調が悪くて、もしかしたらって思ったんです」

「それで、俺に確認したら、〝狼男〟がなくなってるようだった、と」

「ですです。半信半疑だったんですけど、もしかして、センパイがなくなった分、私に移ったのかななんて考えたりして。ただの偶然って可能性もあるかもですけど、ああ、センパイがなくなったなら、それが一番だなって」

「なんで、そこまで俺に良くしてくれようとするんだ」

「好きだからと言ったら、センパイは陳腐だと笑いますか」

「陳腐だとは思うけど、笑えねえよ」

どれだけ陳腐であろうと、当人にとっては本気も本気だ。バカらしいと思っても、理屈じゃ否定的であっても、そんなものは関係ない。

「助けて貰(もら)った恩があるからか？」

「それだけで好きになるだなんて物語の世界だけですよ。感謝と好意はイコールじゃありません。例えば、センパイがめちゃくちゃ不細工だったら、興味なんて持ってないです」

わかるよ、そんなわかりやすい動機付けなんてなくて、そもそも理屈で紐解くような感情ではないのだろう。それこそ陳腐だ。

「こう見えて、面食いなんです」

「正直なヤツだ。でも、顔の好みは変わってるな」

「ええ、そんなことないですよ！　一年生の間でも、センパイ外見の評価は高いですよ？　怖くて誰も近づかないですけど。ヤバいヤツだって思われて敬遠されてますけど」

「俺を陥れるための冗談ではなく？」

「それ、私になんのメリットがあるんですかぁ。むしろ、ライバルが増えるので、センパイには気づかれたくない事実でしたよ」

外見を褒められたのなんて、心都にくらいだからなあ。心都が俺を見る目は、だいぶ補正が掛かっているので、冗談半分で受け取っているが。

いや、もう一人だけ、いたか。

「とにかく、まあ、犬の件は、ただのきっかけでしかないですよ。だから、全部私がセンパイの気を引きたくてやっていることです。善意じゃないです。打算です」

「強かなヤツだな」

「はい。以前、そう言ったじゃないですか」

鳴坂は、無理して笑顔を作る。

いつもの胡散臭い作り笑顔すら、上手く作れてはいなかった。

「鳴坂は、Kーウイルスが移る条件に気づいてるよな」

「……見当くらいは」

そうだよな。鳴坂は、俺なんかよりずっと賢くて、聡いヤツだ。

特に空気とか、雰囲気の変化とかに敏感だ。

だから、今にも泣きだしそうな酷い顔をしているのだろう。

「私が、このまま〝狼男〟を引き受けますよ。今日は、ちょっと失敗してしまいましたが、すぐに慣れると思います。だから、センパイは何も気にしないでください」

「続かねえよ。無理だ」

「そんなことありません。こう見えて、鈴凪ちゃんは強い子です」

「俺が我慢できたのは、移せるなんて知らなかったからだ」

その選択肢がなかったから、耐えるしかないと思っていたから、受け入れられた。

でも、鳴坂は違う。

その苦しみから解放される方法を知ってしまっている。

それで、耐えるなんて、無意味なことを続けるのは、どこかで破綻する。

「なあ、鳴坂。俺は――」

「センパイはッ！」

何かを感じ取ったのか、俺の言葉を遮って、鳴坂は声を荒らげた。

「センパイは何だかんだ言いつつ、私のことが好きなんだと思っていました」

ぎゅっと布団を握って、嗚咽交じりの声を漏らす。

「だから、〝狼男〟のことで罪悪感はあるかもしれないけど、時間を掛ければきっとセンパイの唯一無二になれるって、そう思っていたんです」

「鳴坂……」

「でも、旭日センパイが現れて、センパイと同じK―ウイルスを持っていて、なんか私のわからないようなところで通じ合ってるような……ズルいですよ、そんなの！」

鳴坂は歯を食いしばって涙を堪えて、堪えて、堪え切れずに零れて。

「そんなの敵わない……ずっとセンパイと居たのは私なのに。やっと〝狼男〟から解放されたんですよ？　私でいいじゃないですか」

鳴坂は涙を流して、鼻を啜って、怯えた目で何かを期待するように俺を見る。

ああ、わかる。

鳴坂が、俺になんて言って欲しいのか。

さすがの俺でもわかってしまう。

何を求められているのかわかるし、流されてしまいたくなるけれど。

「鳴坂には惹かれていたと思う」

わかるからこそ、言えない。

「でも、どっちにしろ鳴坂とは一緒になれなかったよ。だって、最初に感じたのが罪悪感だったんだ」

或いは、それを上塗りする何かがあれば……なんて、止めよう。言葉を重ねるだけ、虚しいだけだ。重ねるほど、俺が醜いだけだ。

鳴坂をちゃんと傷つけないといけない。

捨てないと。何一つ残しちゃダメなんだ。

やっと、自分の望みに気づいた。

それを叶えるためには、鳴坂という逃げ道は残せない。

「う、ぁ、うああ――っ」

ギリギリ耐えられていたものが一気に崩れた。

鳴坂は、涙腺が壊れてしまったかのように、滝のように涙を流す。

声を押し殺して、泣いた。

泣いて、両手で制服を摑んで、叫ぶ。

「なんで、どうして⁉　センパイは殺人衝動に任せて旭日センパイを殺すのが気持ちいいから、一緒にいたいんですか？」

「いや、その瞬間はよくても、やっぱり後悔が勝るよ。本当は傷つけたくなんてないに決まってる」

「だったら、〝狼男(おおかみおとこ)〟がなくなるのが一番じゃないですか！　それでいいじゃないですか。ずっと苦しんでたじゃないですか！」

「でも、旭日が俺の〝狼男〟を望むんだ」

何を悩んでいても、ずっとその思考のどこかに旭日零がいた。

「旭日の望みを叶えてやれるのは、俺だけなんだ。旭日の特別になりたいんだ」

「それを……私に言うんですか……？」

鳴坂は信じられないと目を見開く。

「ありえない。センパイのコミュ障！　根暗！　陰キャ！　クズ！」

そうです。

恐らく鳴坂が想像する数倍はクソ野郎です。

「こんな可愛(かわい)い子から好かれることなんて、もう一生ないですよ！」

その通りです。

鳴坂はもう少し男を見る目を養った方がいいかもしれませんね。

「あんなに、〝狼男〟をなくしたがってたのに！　旭日センパイもおかしいですよ。センパイに自分を殺させて、契約とか、それで一緒にいようなんて異常じゃないですか！」

そうですね、客観的に見たら、そうなのだろうと思う。

「そうだな。だから、やっぱり陳腐なんだろうな」

そういう意味では、俺も鳴坂も普通の愚かな人間だと思う。

ずっと自分が何を望んでいるのかわからなかった。

〝狼男〟をなくして普通の生活がしたかったのではない。ただ、ここじゃないどこかに行きたかった。K－ウイルスだろうが、何だろうが、人の望みに大差などないのかもしれない。

思春期の恋心ほど、陳腐なものは他にないだろう。

でも、一瞬でも何かに狂える人生なら、それは価値のあるモノだと思うのだ。

「俺は鳴坂の気持ちには応えられない」

「そんな……そんなのってないですよ……」

「鳴坂は、俺なんかと関わるべきじゃなかったんだ」

鳴坂が大切だと思えば思うほど、鳴坂は俺と関わらない方が幸せになれると思う。

なんてことはただの言い訳で、旭日に出会ってしまったのだから、仕方がない。

「殺意は性欲じゃない。愛情でもない。殺意は、ただの殺意だ」

それ以上でも以下でもない。

「でも、必要なモノだから、俺はそれを取り戻す」

旭日を殺して罪悪感を抱くことは自然なことです。

旭日を殺して快楽に溺れるのも自然なことです。

それらは同居するモノで、何かを否定する必要はない。

ただ、選ぶのだ。

俺は何か一つしか手に入らないのだとしたら、旭日が欲しい。

「うぅ、っ……なんで、わかんない……っ、意味わかんないですよ！」

そうだ、それが正しい。それが答えだ。

そんな絶望したような顔すんなよ。

俺なんて、鳴坂の世界で価値がないどころか、害悪なのだから。

「だから、返せ。俺の異常だ」

粘膜接触、キスによってK―ウイルスは人から人へ移る。

ならば、もう一度同じように唇を重ねればいい。

そうすれば、俺は〝狼男〟を取り戻すことができる。

「ん……っ、むぐ」

鳴坂の後頭部に手を回して、俺は無理やり口づけをした。

恋とか、好きとか、愛とか、そんなまどろっこしいものはなく、ただ、殺意を取り戻すための作業として。

「やめてくださいッ！」

鳴坂に、思い切り突き飛ばされる。

目端には涙が浮かんでいて、恨めしそうに俺を睨みつける。

「こんな形でキスなんてされたくなかった……！」

「粘膜接触が必要らしいんだ」

「センパイ、最低ッ」

鳴坂は腕を振り上げ、思い切り俺の頬を平手打ちした。

容赦のないフルスイング。しかし――。

「ははっ、全然痛くねえや」

痛みを感じない。それはつまり、無痛が戻ったということ。

成功した。取り戻した。今、俺の中にある！

俺は、もう一度〝狼男〟になったんだ。

「……っ、センパイがこんな人だとは思いませんでした」

失望。

嫌悪。

別にそういうのは慣れていますよ。そうですよ。

「だから、関わるなって言ったのに」

痛い、痛む。心がズキズキと痛む。

と共に、この身を支配するのは高揚感だ。

やっと、殺意を、旭日と並び立つための資格を取り戻した。

理屈を取っ払って、結局最後に残ったのは世界で最もありふれた陳腐な感情だった。

俺は共感を願う。でも、その対象など、たった一人で十分だと教えて貰った。

そうだ、旭日がいれば――旭日こそが世界だ。

保健室を出ると、既にほとんどのクラスで帰りのホームルームが終わっているようで、通学リュックや部活用のバッグを持った生徒が目に入った。

いつも通りなら、旭日は陽が落ちるまで教室……少なくとも学校内には居るはずだ。

そう思い、保健室のある第一棟から二年生の教室がある第二棟へ移動。

すると、見知った顔に遭遇する。

向こうも俺に気づいたようで、気安い笑顔を向けてくる。

「お、有町。お前堂々とサボりか？　一年生の教室で騒ぎがあったって聞いたけど……お前何したんだよ」

同じクラス。隣の席の加瀬だ。これから部活に行くのか、テニスラケットを肩にかけていた。

ああ、ちょうどいいな。

友達の定義なんてまだわからないけれど、コイツがそうだとしたら、捨てなきゃ。

旭日という一つを選んだのだから、他を捨てるのが対等だ。

「俺が何かしたって、噂になってんのか？」

「あー、いや、一年生の女の子が暴れて？　倒れて？　その場に有町が居て？　みたいな」

「その原因が俺だと？」

「まあ……あれだ、噂は噂だからな。気にすんな」

どうやら、俺の存在は好意的には捉えられていないらしい。

俺が鳴坂を保健室に連れて行ったことから、良く思われている可能性も考えたが……それは、それは。なんとも都合のいいことだ。そうです、正解です。有町要は犬を殺したやべーヤツですもんね。ちゃんと覚えてて偉いですね、野々芥学園高等学校の皆さん。

「そりゃ、残念だ。せっかく、自作自演までして助けたのに」

「自作自演……？」

「そうそう。鳴坂がさ、女子生徒と喧嘩して、倒れて、それを俺が保健室に連れて行ったの。それがさ、俺のせいだなんて噂を流されるとは思わねえだろ。好感度上げようと思って暇つぶしにやってみたんだけど、上手くいかねえのな」

「鳴坂……鳴坂鈴凪か」

「何、知り合いだった？」

「違うけど、可愛いってクラスでも話題になってたからな。それと、何故かあの有町要とよく一緒に居るって」

「へえ」

「脅されてるんじゃないかとか……バカらしい噂だと思ってたけど」

それは初めて聞いたな。知らなかった。俺はどうやら鳴坂を脅していたらしい。むしろストーカーの被害に遭っていたりしたのだが、俺と関わったものは全員被害者ですか？間違ってはいないかもしれませんね。

「そこまでバレてたんだな。ははっ、そりゃ、上手くいかねえわけだ」

「お前、何言ってんだよ」

加瀬の表情が不快感に歪む。

気づけば周りにもちらほらと人が集まってきていた。皆、視線こそ俺に向いてないものの、聞き耳を立てているのは丸わかりだった。俺は誰かと喋っているだけで、目立つらしい。悪目立ちしています。まあ、都合はいいか。

「だから、俺が鳴坂を脅して、教室で問題を起こさせたって話だよ。それで、演技じゃなく本当に倒れちまうとは思わなかったけどな。それにしても使えねえ。上手く立ち回ったつもりだったのに、これでも好感度下がるっておかしくね？」

いや、これに関してはマジで。俺が本気で好感度稼ごうとしたら何すればいいわけ？　ゴミ拾いでもしてみますか？　気づいたらカツアゲしてたって噂に変わっていそうですね。俺がゴミですか？　笑えねえ。

「なあ、お前もそう思うだろ？」

「……っ！」

加瀬は俺の胸倉を摑み、引き寄せる。

今にも殴りかかって来そうな勢いで、怒りによって鬼のような形相を浮かべている。

「その冗談つまんねえよ。俺はお前のこと結構気に入ってるんだぜ。なあ、事情があるなら言えよ」

「ねえよ」

「言ってくれよ」

「そういう噂があったんだろ？　火のない所に煙は立たないって言うよな」

今にも消えてしまいそうな、お線香くらいの火でも、みんな上手く燃料を投下していくんですよ。おもしろいですね。煙大好きな人が多いみたいで。

「少しでも、お前に同情した俺がバカだった」

加瀬は投げ捨てるように乱暴に手を離すと、鳴坂と同じような失望した目を、まるで可哀想なものを見るような目を向けて、去っていく。

周りには、いつの間にか十人弱の生徒が集まっていて、俺が不機嫌そうに努めて視線をやると、蜘蛛の子を散らすように逃げて行った。

俺と鳴坂については、元々よろしくない噂があったようだから、今回のことも上手い具合に広がってくれるだろう。あの鳴坂が急にクラスメイトに襲い掛かって……おかしいと思ったんですよ。それが、あの有町要に脅されてやったことだったなんて。許せない。鳴坂さん可哀想。もーやせ、燃やせ。もっと、煙出しちゃいましょ。

これで、俺の手の中には何も残っていません。

慕ってくれていた後輩には失望され、高校での立場もこれから更に悪くなっていくだろう。犬を殺して、後輩を脅していたやべーヤツ。救いようのないクソ野郎。でも、やはりこの身を支配するのは高揚感だった。

才色兼備、クールで、まるで吸血鬼のように美しい。

同じK－ウイルス持ちでも、俺と旭日は真逆の評価だった。

夜の学校で、旭日零と出会った。同じクラスの一つ前の席だから、旭日のことはもちろん知っていたが、俺と旭日は紛れもなくあの夜、出会ったのだ。

あの夜、初めて殺意という欲望を解放して、もう終わってもいいと安っぽい覚悟で旭日を引き裂き、鉄臭い血の香りと、肉の感触を覚えてしまった。

ただ、流されていた俺とは違って、あの頃から旭日は己の望みを心得ていた。

だから、俺と契約を交わした。

それが彼女にとって、たった一つの幸せになる方法だった。

俺は怖かった。

いつか、俺は己の殺意に飲まれてしまうのかもしれない。いつか、他人を傷つけることを肯定するようになってしまうかもしれない。何より、旭日から拒絶されることが怖かったのだと、〝狼男〟を失ってから気づいた。

今は旭日との繋がりが何一つなくなってしまうことの方が怖い。

——その一人の特別になりたい。そうしたら、私はきっと生きていけるわ。

教室に戻ると、旭日は机に突っ伏して眠っていた。

旭日の他にも、数人が残っていたが、もう、居ても居なくても同じようなヤツらだ。

「おい、旭日」

眠る旭日の机を叩き、声を掛ける。

が、無反応。

それも想定内だ。旭日の腕を無理やり摑み、立たせる。

「来い、話がある」

ふらふらと立ち上がった旭日は、黒髪から鋭い視線を覗かせる。眠気など一切感じさせない、きりっとした表情。狸寝入りをしていたらしい。

「今度は何？　もう、あなたと話すことなんてない」

「俺はある」

強引に旭日の腕を引き、教室を出る。

「ふざけているの」

「大真面目だよ。今までの人生で一番必死になってるくらいだ」

教室や廊下で旭日と二人きりで喋るなんて、目立って仕方がない。ただでさえ、俺はホットな話題の渦中にいるのだ。廊下を突っ切り、階段を上る。

「これで、最後でいい。お前が話しかけるなと言えば、もう話しかけない。だから、最後に話をさせてくれ、旭日」

「……どうして」

「俺は、やっと自分の望みがわかったんだ」

それを聞くと、旭日は何も言わずに、抵抗もすることなくついて来た。

そして、階段を上り切った先の、鉄扉の前に立つ。

今日の昼休みに屋上を後にしたまま、鍵を閉めていなかったから、扉を押せば心地の悪い金属音が響き、開いた。

どうと風が吹き、髪がなびく。

黄昏時。柔らかな橙色の一筋が空に広がり、炎に包まれたような真っ赤が映し出された。

旭日の真っ白な肌など、忽ち焼け落ちてしまいそうなほどの赤色。

しかし、旭日は絹のような黒髪をなびかせながら、屋上に足を踏み入れる。

屋上を数歩歩いて、後ろ手に組んで振り返る。

幻想的な夕焼けを背に、無表情を湛えて口を開く。

「退屈な話だったら、すぐに帰る」

「じゃあ、安心だな」

さて、何から話したらいいだろう。

体が熱くて、高揚感に溢れていて、浮足立って仕方がない。興奮している。冷静でいられなくて、今すぐ思考の端から端までを早口で、大声で捲し立ててやりたいほどだ。

だが、努めて冷静に、大きく息を吸って、吐く。

「なあ、旭日。俺さ、ずっと昔から、俺だけみんなと住んでる世界が違うと思ってたんだ」

旭日は一瞬眉を顰めたが、視線で続きを促した。

「言葉は通じるし、触れられるし、でも、確実に違う階層の住人だと思っていたんだ。きっと共感はできない。きっと誰も俺の気持ちをわからない。俺も、真の意味で他人の気持ちを理解できない」

「どうして」

「――痛みを感じないんでしょ？　それで人の気持ちなんて、辛さなんてわかるわけないわよね」

思えば、これは呪いのようなものだった。

「昔、母に言われた言葉だ。それでさ、そうか、痛みを感じない俺が人の気持ちなんてわかりっこないんだって、そう思ったんだ。ずっとそう思ってた。理屈ではそうじゃないことくらいわかってる。でも、楔（くさび）のように心の内に残ってるんだ」

呪いとは、そういうモノだと思う。

理屈や仮定を無視して、結果だけを打ち込むのだ。

「だから、漠然と〝狼男〟さえなくなれば、それでみんなと同じ世界に行けば、幸せになれると思ってたんだ。だから、普通の生活がしたいだなんて望んだんだ」

「幸せになれた？」

「なれないよ。普通の生活がしたいって望みも嘘（うそ）ではないんだろうけど……あの時の俺には、それ以外の選択肢がなかったんだ。仕方なく、選ばされた」

「仕方なく……そうね、私が契約を持ち掛けた時と同じだわ」

「それはちげえ。今ならはっきりと言える。俺は、あの時、どうしようもなく旭日に惹（ひ）かれていたんだから。俺は、俺の欲しかったモノは……」

馴（な）れない理屈を下手にこねくり回していたせいで、ずっと気づけなかった。

「旭日の隣に居られれば、それでよかったんだ」

俺が変わったとしたら、旭日と出会ったあの夜からだ。

「旭日が〝狼男〟ごと俺を受け入れてくれるなんて言うから、初めて他人に認められた気がした。初めて本当の意味で他人に必要とされた気がした」

痛みを取り戻すことで、世界との共感を求める。

なんてクソ喰らえだ。それで旭日を一人にしてしまうというのなら、二人だけの世界の方が余程いい。その資格があるのが他でもない俺だなんて、誇らしいじゃないか。

「旭日の言っていることがよくわかったよ」

――その一人の特別になりたい。そうしたら、私はきっと生きていけるわ。

不特定多数へ曖昧な共感を求めるより、よっぽど現実的で破滅的でロマンチックだ。

鳴坂の言っていた、自分の全てを預けるってヤツ。

そこまで愚かしい望みを持てるのは、俺は旭日に対してだけだった。

「俺は旭日の特別になりたい。そうやって生きていきたい」

「…………っ」

旭日は動揺したように、視線を逸らして唇を噛む。

「……遅いわ」

「遅かったなあ」

「失ってから気づくなんて、とんだ愚か者ね」

「俺もそう思うよ」

それを聞いた旭日は弾かれたように顔を上げ、怒りに歯を軋ませる。

旭日は縋るように胸倉を摑み、叫んだ。

「あなたがどう思っていようと、何を言おうと、もう〝狼男〟はないじゃない。変に期待させるようなことを言って、何がしたいの！」

胸倉を摑んだ旭日に押し込まれ、背中が鉄扉に打ち付けられる。扉が鈍い音を立て、ドアノブが尻に押し付けられた。しかし、痛みは微塵も感じなかった。

「もう、あなたは私の特別じゃない」

よかった。こんなのは俺にだけだ。

旭日がこんなにも感情的になるなんて、俺も捨てたモノじゃないらしい。

「あなたと私は同じ世界にいないの」

旭日だけだ。こんなにも他人に夢中になったのは初めてなんだ。

「俺は殺意を取り戻したよ」

「……は？」

旭日は、胸倉を摑む手を緩める。

信じられないと、予想外の言葉が出たというように目を丸くした。

「今、〝狼男〟は俺の中にある」

初めて旭日を殺した夜。

どうせ破滅するなら、殺すなら君がいいと思った。

それが、きっと俺の中の全てだ。

一番わかりやすい、答えだったのだ。

「殺意を捨てるくらいなら、その他の全てを捨てて旭日の隣にいるよ」

俺の全てを受け入れてくれる一人が居れば、それだけで生きていける。

危うい理想だけれど、もし、叶うのならば、それほど素敵なことはないだろう。

「だって、旭日は俺じゃなきゃダメだろ」

愛してるとか、恋とか、そんな口先だけじゃ信じられないよな。わかるよ。だって自分の全てを委ねるのならば、過不足なく全てを受け取りたいじゃないか。

他の誰かで補えるような半端な関係を愛情と呼ぶのは酷く陳腐だ。

K―ウイルスなら、それが叶うと思ったんだよな。

〝狼男〟と〝吸血鬼〟なら。

「似合わない。何その歯の浮くようなセリフ」

胸倉から手を離し、呆れたように言った。

「もっと恥ずかしいこと言っていいか?」

でもさ、理屈ではそう思うけれど、俺の心の大部分を占めるのは、そんな傍から見たらしょうもないありきたりな気持ちなんだ。

「どうぞ」

「色々それっぽい理由を重ねて来たけどさ、一番は恋心だなんて言ったら——」

旭日は信じられないモノを見た、と言わんばかりに一瞬動きを止める。

「陳腐だって笑うか？」

ほんの僅かに吹いた風がやけに鮮明に肌を掠める。

旭日は、くしゃりとスカートの裾を握った。

それから、ふと柔らかく表情を崩して。

「そうね。そしたら、一緒に笑いましょうか」

旭日の顔は、夕焼けを移したくらいじゃ足りない程に真っ赤で、口にしたのを後悔するように、髪先を指で弄る。

視線を逸らして、俺を見て、俺も旭日と同じような顔をしていたのか、くすりと笑った。

「でも、いいの？　あなたには、他にも選択肢があったわ」

「まあ、鳴坂も心都も、加瀬もいいヤツらだ。優しくて、前向きで、こんな俺にも変わらず接してくれる。それでも、旭日がいいんだ」

「どうして？」

「旭日が、ありのままの俺を受け入れたから」

「他には？」

「旭日と一緒に居られるのが自分だけだって思ったら、すごく特別な感じがするだろ」

「他には？」

「旭日は……たまに、抜けてたり、ぽやぽやしたりしてるところが可愛いよな」

「……他には？」

「すごく綺麗だ。人形みたいで」

「……あなた、恥ずかしくないの」

「うっせえ。もう、そういうのは超えたんだよ」

「きっと、明日には恥ずかしさで悶えているわね」

「考えさせるな。人生に一度くらい、こんなんがあってもいいだろ」

「罪悪感はある？　私、本当にあなたに殺されて嬉しいのよ」

「ある。でも、罪悪感を覚えながら一緒に居るよ」

人間なんて何を選んだところで、選んだ時点で愚かなのだ。

自分だけが旭日の特別に成り得ることに酔っているのだ。

でも、人間なんて皆、誰かの特別になりたいものだろう。

受け入れて欲しかった。

それ以上に、俺は俺に価値を感じさせて欲しかった。

「そのためめに、色々捨てたんだ。鳴坂には、すっげえ嫌われただろうな。もう、口も利いてくれないと思う。他のヤツらからもそうだな。今まで以上に嫌われてると思うぞ」

「あなた、何をしたの」

「〝狼男〟を取り戻すために、ちょっと無茶をしたんだ。今頃、高校一の嫌われものだ」

いや、それだと今までと変わらないか。

でも、前の三倍くらいは嫌われているはずだ。

「別に、私はそんなことを望んでいたわけじゃ……っ」

「元々嫌われてたし、そんなダメージもねえよ」

「そこまでしろなんて言ってない」

「でも、嬉しいだろ」

「己惚れないで」

「何とも思わないと」

「嬉しいに決まってる」

表情を変えずに、そんなことを言い出すものだから、吹き出しそうになってしまった。

「旭日は臆病だから、それっぽい言葉をどれだけ重ねても信じてくれないだろ」

「……そうね」

「だから、対等になるために、殺意を拾って、その他諸々を捨てたんだ」

「あなた、バカね」

「断捨離ってヤツだ」

「捨てなくていいモノまで、捨てたんじゃないの」

「だから、意味があるんだろ」

価値のあるモノを捨てるからこそ、そこに意味を見出すのだ。

価値のあるモノを捨てるからこそ、拾ったモノに価値があるのだ。

「言ったろ、旭日が居ればそれでいい」

それを聞いて、旭日は満足そうに微笑んだ。いや、必死に無表情を保とうとしているけれど、ほんの少しの表情の変化で、そこまで読み取れてしまった。

「その言葉、嘘だったら許さない」

もにょもにょと口元を動かして言う様がおかしくて、つい頰が緩む。

「嘘じゃねえよ」

「私、重たくて歪んだ感情を拗らせた面倒な女の子よ」

「自覚あったんだな」

「あなたも似たようなモノでしょう」

「俺は普通だろ」

「そんなことないわ。あなた、割とどうかしてるわよ」

「マジか……」

「なんで嬉(うれ)しそうなのよ」

あーあ、他人への執着なんて有り得ないと思っていたが、執着するに足り得る人を見つけてしまったのだから仕方がない。全てをなげうってでも、なんてこの俺が本気で言ってるか？　笑えて来ますね。でも、どうやら、そういうこともあるみたいですよ。

俺も大概臆病だが、そういうヤツほど思い切りがよかったりする。

破滅的で、愚かしくて、でも、そんな場所にある希望にばかり心地よさを覚えるのだ。

「ねえ、証明して？　有町君の殺意を」

一歩、距離を取った旭日は、ハグでもせがむかのように両腕を広げた。

真っ赤な夕焼けの向こうから、どうと風が吹く。

スカートの裾がふわりと揺れる。

白い肌。顔に掛かる黒髪と、儚(はかな)げな瞳。

どくん。どくん。

嗚呼(ああ)、懐かしい感覚だ。

血肉が沸きたち、つま先から脳天までの細胞が一片残らず歓喜に打ち震える。

ねえ、後ろの夕焼けと、旭日の中身はどちらが真っ赤ですか？　確かめてみましょうか？

旭日を抱きしめるように引き寄せ、制服のシャツを捲り上げた。

「……変態」

旭日の白くて、陶器のように艶やかで、しっとり僅かに汗ばむお腹に指を這わせる。この皮と肉の向こう側に詰まった内臓を想像しながら、指でなぞった。

「否定はしない」

そして、殺人衝動で高まった筋力に任せて、思い切りお腹を引き裂いた。破るように、爪を立てて、肉を抉る。一思いに。力加減なんて考えられない。止まらない。止められない。衝動に突き動かされて、肉を握る。

「……い、あ」

旭日は膝を折り、そのまま俺にもたれかかってくる。

体を僅かに痙攣させ、口端から唾液を垂らす。

「死ぬほど、痛いだろ？」

それでも、お腹をまさぐる手は止めない。

ぐじゅり、ぐじゅぐじゅ、にちゃにちゃ。

体の内側から肉を捏ねる。引っ掻く。

握り込む。

「いたぃ……おかしくなりそう」

コンクリートの床に膝を突き、旭日は縋るように俺の背中に手を回す。制服を強く摑み、握り込む。

旭日の口から掠れた声が漏れる。

しかし、彼女は今にも昇天しそうな恍惚とした笑みを浮かべていた。

「それにしては、満足げな顔するよなあ！　旭日」

変態ってどの口が言ってんだよ。お前の方がよっぽど変態だろ、旭日。そんな顔されたららさ、楽しくなっちゃうじゃん。もう、こんなの我慢できるはずがない。快楽。快感。気持ちがいい。ずっとこうしていたい。ずっと、こうして旭日の中に手を突っ込んでさァ、

「だって、痛みの程度だけ求められてるって感じがするわ」

飛び散る赤に芸術性を感じて、溢れる衝動に身を委ねるのだ。

そうです、求めていますよ。あなただけを。

殺したくなんて、傷つけたくなんてない、でも、旭日が嬉しそうな顔をするから。

殺したくて、仕方がなくて、旭日が満足げに笑うから。

美しい。夕焼けなんかより、旭日の内側に秘められた真っ赤の方が余程美しい。

「だからね、痛いのだけれど、痛いのが気持ちいいの」

痛みと快楽は紙一重。

　さてさて、きもちーですね。

　コンクリートに広がっていく血が綺麗だ。このまま、その血を使って屋上に絵でも描きましょうか。宇宙人とか呼んじゃいますか。宇宙まで意識飛ばしていってみましょーか。

「いい心がけだな」

「脳がびりびり痺れるのよ」

　旭日は背中に回していた手を解き、正面に顔を持ってくる。鼻と鼻が触れ合いそうな距離。口端から血を流し、だらしなく顔を緩ませた旭日。目がとろんとしている。

「ねえ？　治るといってもこんなに殺させてあげる女の子なんて私だけよ。いつか、あなたを殺人衝動に沈めて溺死させてみせるわ」

「物騒なこと言いやがる」

「罪悪感なんて、全部取っ払ってあげるの。素敵でしょう？」

　そう言って、口を大きく開ける。

　八重歯と、濡れた真っ赤な舌と、糸を引く唾液——俺の首筋に齧り付く。

　まるで肉食獣が餌を貪るように、歯を立てる。噛む。肉を抉り取ろうとしているのかという程の荒々しさ。じゃぷじゃぷと舌を這わせ、何度も、何度も角度を変えて歯を立てる。

「くぅ……っ」

「じゅるっ……んく、んく、あふぅ」

容赦なく、まるでビールでも呷るかのように血をがぶがぶ飲みやがる。わかる、抜けていくのがわかる。魂が抜けていくみたいに、血を吸われている。魂は二十一グラムなんて言いますけど、そうだとしたら、俺の魂の全ては旭日の中にありそうですね。

「れっろ、じゅる、えう……ん」

食べられている。

食事中。

過食。

暴食。

求められて嬉しいわ、私。

私もですよ、のーめ。飲め。

「あうぐッ」

負けじと、旭日のお腹の中をまさぐる。本能のままに、ちかちかと明滅する視界に酔いながら、空っぽの頭で中身の詰まった旭日について考える。

「俺、旭日に食われるの好きかもしれないなあ」

「それは、いい心がけね」

肉を抉る。

歯を立てられる。

内臓を撫でる。

血を吸われる。

血を。出して。飛び散って。その分。俺の中から奪っていくんですね。吸って。食べて。

美味しいね。肉が。お肉。引きちぎる。声が漏れる。痛そう。気持ちよさそう。食べて。

もっと。食べて。お食べ。出した分、喰らうといいさ。

「いい、おいひぃ……全部、ぜーんぶ飲んでしまいたいわ」

本能のままに求め合え。

少なくとも、今この瞬間は何も偽る必要なんてない。

壊して、食われて、引き裂いて、吸われ、出した分を補って。

そうやって、互いの血に塗れて、契約行為を続ける。

旭日の中に流れる血の全ては、いつか俺のモノに変わってしまうだろうか。

旭日の体が作り変えられるたびに、俺の証を刻むのだ。

「この血は私のモノよ」

「ああ、旭日の体は俺のモノだ」

互いの境界がわからなくなるぐらい、ぐちゃぐちゃになろう。

脳みそをかき混ぜて、血を溢れさせて、どろどろに溶け合って、もう、自分の体だか、
旭日の体だかわからないくらいになって、曖昧な世界の中で生きていけたら、きっと気持

ちがいいだろう。

離れようにも、どこまでが自分かわからないくらいに溶け合おう。

そういう世界に生きている。

俺は、全てを捨ててそういう世界を望んだのだ。

「今度は本当の契約を結ぼう」

殺意に意味などない、これはただの状態である。

でも、旭日がこれを愛情と呼ぶのなら、それでもいいだろう。

罪悪感と快楽の葛藤を受け入れて、俺は旭日の隣に居るよ。

「――君を殺させてくれ。俺を食べていいから」

太陽が、沈む。

血と脂でべたべたで、白い制服はすっかり真っ赤に染まっていた。

俺と見つめ合う旭日の口からは、景気よく血が溢れている。

血を吸った黒タイツ。華奢な体。白く綺麗な肌と、とろんとした瞳。

赤く彩られた顔に浮かべる満足げな笑みは、それは、それは美しくて。

こんな世界に二人きり。

互いに体を委ねるように。

抱き合った二人は血だまりに伏したのだった。

終章

一週間停学。

それが、俺に科されたペナルティだった。

有町要は、鳴坂鈴凪を脅し、女子生徒を襲わせた。目的は、その間に割って入り、喧嘩を止めることで、周りからの好感度を上げることだった。

そんな噂が流れている。

中々ツッコミどころが多い。俺が、加瀬に言ったモノとも少し内容が異なっているような気がする。まあ、噂なんてそんなものか。そもそも事実ではないし。興奮した俺の頭で考えられた、その場しのぎの適当な嘘は、上手く歪曲されてそれっぽく広まってくれたらしい。

そして、すぐに鎌倉先生に呼び出された。

「噂の件は事実か？」

生徒指導室。

俺を責めるような厳しい口調と言うよりは、どこか悲しそうで、可哀想な者を見るような目をしていた。鎌倉先生は、今回の件をどこまで知っているのだろうか。

「詳しい内容は知りませんけど、そうなんじゃないですか」

視線を合わせるのがしんどくなって、鎌倉先生の膝あたりを見つめた。

「そんなわけないだろう、愚か者め」

すると、頭にポンと軽い衝撃が走った。

顔を上げて、鎌倉先生に手を置かれたのだとわかる。撫でるように。慰めるように。

しかし、鎌倉先生の目つきは鋭いまま。

「お前は救いようのない愚か者だが、そんな小悪党みたいな真似(まね)はしない。あまり教師を舐(な)めるなよ」

失望されて、見限られてって、そんなつもりで来たのに。

なんなんだこの人。まるで教師みたいじゃないか。

「今度、二時間くらいみっちり説教してやる」

「リアルな時間が怖いっすね」

そして、少し時間を置いてから、一週間停学が言い渡された。

退学になっても仕方ない、くらいの覚悟はしていたのだが、どうやら、鳴坂のヤツが俺のことを庇(かば)ってくれたらしい。

有町要に脅された事実などなかった、と。

鳴坂は、どんな気持ちで、それを口にしたのか。

俺には彼女の考えについて想いを巡らせる資格すらないけれど。

停学中の一週間は、大人しく家の中にいた。

最低限の食事を取って、漫画を読んで過ごしていた。

困ったのは、停学中の一週間に期末試験が開催されていることだ。

せっかく、旭日に数学を教えて貰ったのに、全て台無しだ。ていうか、これ追試とか受けさせてもらえるのだろうか。停学とか言いながら、実質留年みたいにならないですか？

大丈夫ですか？　これ。

停学中、一度だけ心都がやってきた。

料理を詰めたタッパーを渡してくれる。

「この、不良お兄！　停学になるなら、せめて期末後にしろよー！」

ぷんすかぷん。

心都はいつもの明るい調子で突撃してくる。

「何も聞かないんだな」

「あれ？　話聞いてほしかった？」

「いや、そういうわけじゃないけど……」

「じゃあ、聞きまてん！　それより、あたしの話を聞いてよー！　昨日学校でさー、友達がさ――」

心都に何かを聞かれたら、全部話して……くらいに考えていたのだが。

心都に軽蔑される未来まで想定して、非常に心苦しいが、その覚悟をしていたのに。

心都はいつも通りの調子で、まるで何もなかったかのように接してくる。

一週間が経った頃には、いや、もう少し停学しててもいいな、というメンタルになっていた。だが、これ以上悪目立ちするわけにもいかないし、お腹を空かせて待っているヤツもいるだろうし……いるはずだ。

久しぶりに学校へ行くと、周りからは以前より厳しい視線が向けられた。

廊下を歩けばモーセの気分。

俺を横目にひそひそと噂話。

よく平気な顔で学校来れるね。だって学校来ないと卒業できないんですもの。さすがに最終学歴中卒は思うところがある。って言うのは、取って付けたようなそれっぽい理由でしかなくて、まあ、こんな場所にも意味があるのですよ。そうですよ。

二年C組。

懐かしい窓際の席。

隣の加瀬は俺と一切目を合わせようとはせず……なんてことはなく。

「お、やっと戻ったか不良少年。ノート取っておいてやったぞ！　感謝したまえ！」

「いや、きたな……」

なんだ、そのミミズが這ったような字は。絶対寝てただろ。どの教科のノートかすらわからねえよ。

「俺、B型だから！」

「血液型関係ねえし。全国のB型に謝れ」

俺もB型だし、俺に謝れ。

「ていうか、何普通に話しかけて来てんだよ。お前、俺のこと軽蔑したんじゃねえのか」

「あー、あれな。どうにも、お前の本心に思えないんだよなー。すごい切羽詰まってる感じあったし、顔色悪かったし、直感？　みたいな。それで、鳴坂ちゃんに話聞きに行ったし」

「は？　話って何を⁉」

「それは内緒」

鳴坂が、どう思っているかなんて、知りたいような、知りたくないような話だ。

一方的に傷つけておいて、何を言ってるんだって話だけどさ。

加瀬が好意的な反応をするってことは……そういうことなんだろうな。

「ま、話せるときに話してくれよ」

「意味わかんねえ。俺と関わるメリットねえだろ」

「いやいや、メリットデメリットで人付き合いしないだろ。言ったじゃん。俺、お前のこと結構気に入ってんの。面白いし」

そう言って、加瀬は白い歯を見せて笑った。

前の席を見れば、旭日は相変わらず机に突っ伏して眠っている。

おかしい。これはあんまりにもおかしい。

世界が変わらなすぎる。

人生の転換点くらいに思っていたし、人生一の大事件だと思っていたし、それくらいの覚悟があって、緊張感があって、俺は旭日を選んで、旭日以外の全てから嫌われるモノだと思っていたのに。

俺は結局〝狼男(おおかみおとこ)〟なのに。

それどころか、今まで良くしてくれた人にも不義理を働いたのに。

今までと変わらないどころか、俺は世界との繋(つな)がりを感じる。

あれだけ閉ざされていたと思っていた世界が、すごく広いモノのように感じる。

捨てたと思っていたのに。

捨てなきゃいけないと思っていたのに。

必要以上にＫ―ウイルスを特別視していたのは、他でもない俺なのか――。

「久しぶり」

復学して、初めて旭日と言葉を交わしたのは昼休みだった。

東棟の空き教室。

埃っぽく。薄暗く。血の染み込んだ。落ち着く。

しんと静まり返った部屋に一人。

乱れた黒髪と、雪のように白い肌に、ぼうっとした瞳、制服、黒タイツ。

教壇と棚の隙間に三角座りをする旭日が顔を上げる。

「一度くらい、連絡くれてもよくね」

「何、慰めて欲しかったの」

「別にぃ」

「愚かなあなたが、勝手にやらかした結果よ」

「その通りだけどさ……」

何、コイツ優しさって知らないの。

あれだけ、旭日の本音を聞いて、それでも、結局はこう思うのだ。

何を考えてるのかよくわかんねえ。

「何があったのかは、知ってるんだな」

「噂くらいは聞く」

旭日は、立ち上がり、俺の下へ寄る。

「でも、あなたの口からは聞いていない」

「噂の通りだよ」

「……そう。どちらでもいいけれど」

結局、興味ねえのかよ。

無表情の旭日は、視線を泳がせながら、控えめに口を開く。

「鎌倉先生に聞いたわ」

「あ？」

「Ｋ―ウイルスが移る条件のこと」

そうか、たしかに、屋上ではその説明まではしてなかった。

だからこそ、殺意を証明することになったのだけれど。

「あなたは、鳴坂鈴凪から〝狼男〟を取り戻したと言った」

「そうだな」

「どうだった」

「……どう、とは？」

「粘膜接触」

「……ああ」

「キスをした」

「キスというか、K―ウイルスを移す作業というか……人工呼吸に近いもんだよ」

「キスをした」

「…………」

無言で距離を詰めてくる旭日が怖い。圧を感じる。

無表情の旭日は、俺の腕を思い切りつねってくる。痛い。嘘。痛くはないけれど……いや、心は痛いかもしれない。

いいや、本当にキスだとか意識はしてなかったんですよ。ていうか、キスだとしたら、旭日にあれだけ恥ずかしいことを宣ったのも意味が変わって来ませんか？　あれは、仕方がない作業で、でも、逆の立場だったら心底気にするよな……。

「なあ、旭日。一つ、検証をしてみよう」

「検証？」

「俺たちは、K―ウイルスについて詳しく知る必要があるだろ。気にならないか？　K―ウイルス持ち同士が粘膜接触をしたらどうなるのか」

「〝狼男〟と〝吸血鬼〟は入れ替わるのか。何も起こらないのか」

「そうだ」

「もし、入れ替わってしまったら面倒だわ」

旭日は、俺を試すように気だるげに言った。

旭日零(れい)は。

ミステリアスで、クールで、変わり者で、冷たくて、美人で。

特別な女の子。

「まあ、そしたら……」

「そしたら？」

俺の腕から手を離した旭日は、何かを期待するように上目遣いをする。

「もう一度、キスをすればいい」

旭日は、俺の肩に手を置いて、つま先立ちをする。

返事の代わりに、ついばむようなキスをした。

ふわりと。

柑橘系(かんきつけい)のいい香りと。

驚くほど柔らかな唇の感触。

唇を離すと、旭日は妖しく微笑(ほほえ)んだ。

「ねえ、有町君。これも人工呼吸？」

「……うっせえ。バーカ」

あとがき

はじめましての人ははじめまして。

『君を食べさせて?私を殺していいから』を書いた人です。

私の名前は覚えなくていいので、今度スーパーでシラスでも買ってください。

私には嫌いなものがたくさんあります。

シラスの後に言うと、食べ物の好き嫌いの話に聞こえるかもしれませんが違います。許せないものもたくさんあるし、怒りを覚えることも多々あります。私は基本的に理不尽なことや、仕方がないと諦められがちなことに対して怒りを抱くようなのですが、やはり大人になると人は寛容になるようで、仕方がないと思うことが増えてきます。寛容になるなどと言うとまるで成長をしているかのように聞こえますが、怒るというのは凄くエネルギーを消費するもので、とどのつまり妥協を覚えたと表現する方が適当だと私は考えるわけです。何かを嫌悪することはエネルギーを使うことであると、効率の悪い感情であると気づいてしまう。自分の感情をコントロールすることはとても大切なことですが、あまりにも起伏が少ないとそれもそれで寂しいものです。不安になったりするものです。

何が言いたいかと言うと、嫌悪感や怒りは生きる上で重要な感情だということです。昨今の世の中は何かを否定することに対して敏感なように思いますが、嫌いを曖昧にすれば自分が何を本当に好きだったのかもわからなくなってしまうように思うのです。

だから、私は嫌いを大事にしたい。子供っぽいと思われるかもしれません。私がそこまで他人に興味がなく、特定の個人に対して怒りを抱くということがないからこそ、そう思えるのかもしれません。しかし、寛容はある種の欲望の劣化であり、それはとても不幸なことのように思えてならないのです。

だから、私には嫌いなものがたくさんあります。

自分の中の嫌いを数えることは、好きを知ることと同じくらい、人生にとって重要なことであると思うのです。ただ、その感情の発露の仕方を間違えないようには気を付けましょう。具体的には……そうですね、皆さんも小説を書くといいでしょう。込められる感情があればあるほどお得ですから。

以下謝辞です。

拙作を見出してくださった担当様、素敵なイラストを付けてくださったイラストレーターの椎名くろ先生、私の拙い文章を正してくださった校正様。その他、出版に関わってくださった全ての人に心からの感謝を。

何よりも、本作を手に取ってくれた読者の貴方（あなた）に最大限の感謝の気持ちを贈ります。

二巻で会えるといいね！

君(きみ)を食(た)べさせて？私(わたし)を殺(ころ)していいから

著　十利(とおり)ハレ

角川スニーカー文庫　23923
2024年1月1日　初版発行

発行者　山下直久
発　行　株式会社KADOKAWA
〒102-8177 東京都千代田区富士見2-13-3
電話　0570-002-301（ナビダイヤル）

印刷所　株式会社暁印刷
製本所　本間製本株式会社

◇◇◇

※本書の無断複製（コピー、スキャン、デジタル化等）並びに無断複製物の譲渡および配信は、著作権法上での例外を除き禁じられています。また、本書を代行業者等の第三者に依頼して複製する行為は、たとえ個人や家庭内での利用であっても一切認められておりません。

※定価はカバーに表示してあります。

●お問い合わせ
https://www.kadokawa.co.jp/（「お問い合わせ」へお進みください）
※内容によっては、お答えできない場合があります。
※サポートは日本国内のみとさせていただきます。
※Japanese text only

©Hare Tori, Kuro Shina 2024
Printed in Japan　ISBN 978-4-04-114470-1　C0193

★ご意見、ご感想をお送りください★
〒102-8177 東京都千代田区富士見 2-13-3
株式会社KADOKAWA　角川スニーカー文庫編集部気付
「十利ハレ」先生「椎名くろ」先生

読者アンケート実施中!!

ご回答いただいた方の中から抽選で毎月10名様に「図書カードNEXTネットギフト1000円分」をプレゼント!
■ 二次元コードもしくはURLよりアクセスし、パスワードを入力してご回答ください。
https://kdq.jp/sneaker　パスワード　kiwtn

●注意事項
※当選者の発表は賞品の発送をもって代えさせていただきます。※アンケートにご回答いただける期間は、対象商品の初版(第1刷)発行日より1年間です。※アンケートプレゼントは、都合により予告なく中止または内容が変更されることがあります。※一部対応していない機種があります。※本アンケートに関連して発生する通信費はお客様のご負担になります。

［スニーカー文庫公式サイト］ザ・スニーカーWEB　https://sneakerbunko.jp/

角川文庫発刊に際して

角　川　源　義

第二次世界大戦の敗北は、軍事力の敗北であった以上に、私たちの若い文化力の敗退であった。私たちの文化が戦争に対して如何に無力であり、単なるあだ花に過ぎなかったかを、私たちは身を以て体験し痛感した。西洋近代文化の摂取にとって、明治以後八十年の歳月は決して短かすぎたとは言えない。にもかかわらず、近代文化の伝統を確立し、自由な批判と柔軟な良識に富む文化層として自らを形成することに私たちは失敗して来た。そしてこれは、各層への文化の普及滲透を任務とする出版人の責任でもあった。

一九四五年以来、私たちは再び振出しに戻り、第一歩から踏み出すことを余儀なくされた。これは大きな不幸ではあるが、反面、これまでの混沌・未熟・歪曲の中にあった我が国の文化に秩序と確たる基礎を齎らすためには絶好の機会でもある。角川書店は、このような祖国の文化的危機にあたり、微力をも顧みず再建の礎石たるべき抱負と決意とをもって出発したが、ここに創立以来の念願を果すべく角川文庫を発刊する。これまで刊行されたあらゆる全集叢書文庫類の長所と短所とを検討し、古今東西の不朽の典籍を、良心的編集のもとに、廉価に、そして書架にふさわしい美本として、多くのひとびとに提供しようとする。しかし私たちは徒らに百科全書的な知識のジレッタントを作ることを目的とせず、あくまで祖国の文化に秩序と再建への道を示し、この文庫を角川書店の栄ある事業として、今後永久に継続発展せしめ、学芸と教養との殿堂として大成せんことを期したい。多くの読書子の愛情ある忠言と支持とによって、この希望と抱負とを完遂せしめられんことを願う。

一九四九年五月三日